ÉGLAI

OU

AMOUR ET PLAISIR

ÉGLAI

OU

AMOUR ET PLAISIR

PAR LEGAY

Nouvelle édition augmentée d'une notice

par Charles MONSELET

TOME TROISIÈME

BRUXELLES
J.-J. GAY, LIBRAIRE-ÉDITEUR
1883

ÉGLAI

OU

AMOUR ET PLAISIR

CHAPITRE XXXII.

A six heures, je me rendis chez M. Desglands; une voiture dételée que je vis dans la cour, me fit juger qu'il était revenu : je ne me trompais pas. Louise, que je trouvai seule avec l'air et le maintien de l'affliction, me dit :

— Il est de retour, mais il m'a paru extrêmement sérieux; il m'a serré la main en passant, et est entré chez sa mère sans m'avoir parlé. Ils sont ensemble depuis près de deux heures; ce qu'il y a de singulier, c'est que sa voiture est ici depuis midi, et qu'il a dîné ailleurs que chez lui avant de rentrer.

Après ce détail, qui n'était propre qu'à me faire partager son inquiétude, nous restâmes dans un silence morne, ordinaire avant-coureur des événements funestes.

Il y avait plus d'un quart d'heure que nous étions dans cette situation, lorsque M. Desglands rentra dans le salon.

— Je suis charmé, me dit-il en m'embrassant, de vous trouver ici, nous allons passer tous trois dans mon cabinet; j'ai à vous faire part de grands changements survenus dans ma situation.

Il était facile de voir que sa tranquillité ordinaire était altérée; à peine fûmes-nous assis qu'il commença en ces termes :

— Vous vous rappelez, mes amis, que j'ai éprouvé plus que de la surprise de l'ordre pressant qui m'appelait à Versailles; c'était sans doute un pressentiment de ceux que j'allais recevoir, qui dérangent tout à fait le plan de vie que je m'étais formé, et qui vont m'arracher à la tranquillité et au plaisir que j'avais de vivre avec vous, et de cultiver les heureux dons que vous avez reçus de la nature.

M. le duc m'a annoncé que le roi m'avait

choisi pour aller porter à son ambassadeur, à Constantinople, des instructions secrètes qui ne peuvent être hasardées dans une dépêche, ni exposées à être perdues et à compromettre le secret de l'État.

J'ai essayé de lui rappeler que cette mission sortait des fonctions auxquelles j'étais borné ; il m'a interrompu pour me dire que la nature de cette mission, qui est en effet de la plus haute importance, ne souffrait point de réflexions ; que je devais regarder comme une faveur d'avoir été choisi de préférence pour la remplir, et ne point hésiter de donner à Sa Majesté cette preuve de reconnaissance des bontés dont elle m'honorait ; que rien ne pouvait m'en dispenser.

J'allais répliquer.

— Votre démission même, interrompit-il vivement, donnée après la connaissance que vous venez de recevoir de l'objet dont il s'agit, ne servirait qu'à vous faire perdre vos emplois, mon amitié et à compromettre votre liberté.

Un ordre aussi positif, prononcé du ton impérieux que le duc prend si facilement, ne me laissant d'autre parti à prendre que l'obéissance, il acheva de me donner ses instructions.

—Partez le plus tôt possible, me dit-il ensuite, c'est-à-dire dans quatre à cinq jours; vous trouverez à Toulon une frégate prête à vous transporter : vous prendrez chez le trésorier de la marine, dans ce port, les fonds à remettre à l'ambassadeur. Quant à vous, mon cher Desglands, voici une ordonnance de cinquante mille livres que vous recevrez au trésor royal avant votre départ. Comme il serait possible que vous ne me trouvassiez plus en place lorsque vous reviendrez, j'ai voulu vous ménager ce dédommagement qui ne nuira en rien aux récompenses que vous aurez droit de demander et dont j'ai déjà préparé les moyens; je vous rappellerai le plus tôt possible : dans tous les cas, votre absence ne pourra durer plus de deux ans.

Quelque affligé que je fusse de cette contrariété, je quittai le ministre, persuadé qu'une préférence honorable avait déterminé le choix qu'il faisait de moi. Je n'en ai été désabusé qu'à mon retour à Paris; c'est ce que je vais vous expliquer, et qui est la partie la plus affligeante de cet événement.

En rentrant à l'hôtel, où je loge ordinairement à Versailles, je trouvai le valet de chambre du président de L.... qui m'attendait pour me donner un billet cacheté que son maître lui avait ordonné de ne remettre qu'à moi. Ce magistrat qui m'honore d'une estime particulière, m'invitait à descendre chez lui à mon retour, et ajoutait que le soin qu'il mettait à son invitation, me ferait juger d'avance de l'importance des choses qu'il avait à me communiquer. J'ai, en conséquence, renvoyé ma voiture ici, en descendant au pont tournant, et me suis rendu à pied chez M. le Président. J'ai été admis dans son cabinet, comme quelqu'un qu'il attendait avec impatience ; et, après qu'il eut donné ordre de dire qu'il n'était visible pour personne, il me dit sans préambule, que le hasard l'ayant mis à portée d'être instruit de quelques particularités, qui ne pouvaient manquer de m'affecter sensiblement, et qui ne pouvaient être confiées au papier, il m'avait engagé à venir chez lui pour m'en donner connaissance.

— J'étais, continua-t-il, à prendre le bain dans un petit cabinet qui n'est séparé de celui où nous sommes que par cette porte à treillage, qui semble faire partie de ma bibliothèque, lorsqu'on y introduisit la marquise de C... et le duc de Mesle, qui lui servait d'écuyer. Elle venait me solliciter sur le procès que lui ont intenté les héritiers de son mari. Mon valet de chambre leur ayant dit qu'il allait les annoncer, vint me trouver par la porte d'entrée de ce cabinet, celle de communication ne servant que pour moi ; je lui fis signe d'aller doucement et de parler bas, dans la seule intention d'achever de prendre mon bain, et de ne pas faire connaître ce qui m'occupait. Je donnai donc ordre de leur aller dire que j'étais retenu dans ma chambre par quelqu'un arrivé avant eux, que dans une demi-heure je me rendrais dans mon cabinet. Après qu'ils eurent reçu cette réponse, il s'établit entre eux l'entretien que je vais vous rapporter, et qui, d'après la légèreté et l'immoralité connue de ces deux personnages, n'a excité ma curiosité que par les rapports qu'il avait avec vous et les chagrins qu'il ne peut manquer de vous causer.

Cette conversation m'est si présente, que, pour mieux vous la faire connaître, je vais mettre en scène chaque individu dans le même ordre où je les ai entendus.

LA MARQUISE.

Ces robins sont incroyables ; il faut les attendre, le besoin qu'on a d'eux les rend importants ; tout ce qui me peine cependant, mon cher duc, c'est l'ennui que je vous fais supporter : je vous ravis peut-être aux caresses de quelque belle.

LE DUC.

Indépendamment du plaisir que j'ai d'être auprès de vous, marquise, je voudrais avoir un sacrifice de ce genre à vous faire; mais il n'y a personne, je vous le jure, de plus désœuvré que moi en ce moment.

LA MARQUISE.

Ne parlez ni de sacrifice, ni du plaisir que vous avez avec moi; il ne peut y avoir entre nous, depuis longtemps, que l'amitié, et la mienne réclame de vous de la confiance, c'est tout ce qu'elle exige.

LE DUC.

C'est par trop modeste ; je vous assure que je n'ai pas la moindre petite confidence à vous faire, et que je serais trop heureux que vous voulûssiez reprendre vos anciennes bontés pour moi.

LA MARQUISE.

Je ne veux pas vous jouer, ou plutôt à moi, un aussi mauvais tour, j'aime mieux vous désirer que de vous regretter ; mais vous ne me persuaderez pas que vous soyez sans projet.

LE DUC.

Projet est bien dit ; mais c'est un projet chimérique dont je ne recueillerai peut-être d'autre fruit que du trouble et de l'éclat ; en vérité, marquise, c'est une chose cruelle que ma situation : il n'y a plus que l'extraordinaire ou l'impossible qui puisse me tirer de l'apathie où je suis; je ne sais ce qu'est devenu mon cœur.

LA MARQUISE.

Votre situation est cruelle, en effet ; mais venons à ce projet.

LE DUC.

Connaissez-vous un certain Desglands, attaché au département des affaires étrangères?

LA MARQUISE.

Oui, de nom, comme on connaît les gens de lettres, il vient de donner un ouvrage estimé de tout le monde, et qui m'a fait plaisir : ce ne peut être qu'un homme de mérite.

LE DUC.

Mérite... si vous voulez ; c'est une manière de philosophe que j'aime assez pour le désirer quelquefois, mais cette espèce d'ours s'avise de cacher dans sa tanière un véritable trésor ; c'est un vol, en vérité, et l'on devrait défendre à ces êtres obscurs de dérober à la société ce qui en devrait faire l'ornement.

LA MARQUISE.

Vous avez raison, il ne faut pas souffrir de semblables larcins.

LE DUC.

J'ai fait cette découverte dernièrement au spectacle, où je l'ai trouvé avec un jeune homme et une jeune personne ; j'ai été le visiter dans sa loge, pour examiner de plus près ce que je n'avais vu qu'imparfaitement à l'aide de ma lorgnette : le jeune homme est une véritable figure de héros de roman.

LA MARQUISE.

Cela devient intéressant, une figure...

LE DUC.

Mais c'est la jeune personne qu'il faut voir! il n'y a rien à la cour à qui je puisse la comparer; c'est un brillant, un éclat, une fraîcheur, dont on ne peut se faire d'idée. Sur le compliment que je lui fis de lui voir une si intéressante famille, il m'expliqua que la jeune personne était une orpheline adoptée par sa mère, et que le jeune homme était le fils d'un ami; qu'il leur était attaché comme si c'étaient ses frère et sœur. Après quelques civilités, je les ai quittés, rempli de la passion la plus vive, la plus insurmontable, pour la jeune personne.

LA MARQUISE.

Qu'avez-vous tenté depuis?

LE DUC.

D'abord d'éloigner Desglands, dont les sentiments fraternels ne m'ont pas du tout persuadé qu'il fût sans intérêt pour une si séduisante pupille : le moyen était facile. Vous connaissez mes liaisons avec le ministre des affaires étrangères ; je lui ai montré le désir que j'avais de servir Desglands, et qu'il le mît en activité ; il m'a opposé le vœu qu'avait fait celui-ci de vivre en repos et ignoré : je m'attendais à cet obstacle, et je me proposais bien de le combattre, lorsque le duc me dit : « — Si je croyais réellement le servir, rien ne serait plus à propos pour lui et pour le bien du service que le besoin où je me trouve de faire passer à notre ministre à la Porte, des instructions secrètes qui ne peuvent être transmises que de vive voix, et qui exigent tout le mérite possible pour répondre à toutes les objections, et les lever. » « — Voilà, cousin, lui ai-je répondu, la plus belle occasion possible ; mais il ne faut pas, avec les consciences délicates, et qui rougissent de revenir sur une résolution prise, vous aviser de parlementer ; il faut, en ordonnant, les servir malgré elles, sans quoi, vous verrez le sage Desglands vous résister. » « — Je connais, m'a répondu le duc, l'art d'abréger les conférences, et je vous réponds qu'il partira, puisque vous m'assurez que vous avez pénétré ses sentiments. » Cette fausse confidence m'a si bien réussi, que dans le moment, il a été mandé, et que je ne peux douter qu'il n'ait reçu l'ordre de partir.

LA MARQUISE.

Voilà ce qui s'appelle un véritable talent pour l'intrigue : mais ce que vous avez fait n'est encore que l'accessoire. Que comptez-vous faire pour vous emparer de l'orpheline ?

LE DUC.

Je n'ai encore de détermination prise que sur mes offres : la propriété d'un hôtel richement meublé, et d'une terre de dix mille livres de rente, les diamants, et deux mille écus par mois pour sa dépense, tant que nous ne nous ennuierons pas ensemble.

LA MARQUISE.

Ce dernier article ne vous mettra pas longtemps en dépense, mais le reste me paraît une fantaisie ruineuse.

LE DUC.

Elle n'ôtera rien à ma fortune, j'ai gagné cinq cent mille livres pendant le dernier petit voyage de Choisy, et j'ai déjà fait acheter l'hôtel et la terre par un prête-nom ; je ne peux faire autrement dans cette circonstance : il faut éblouir par des propositions solides.

LA MARQUISE.

A la bonne heure ; mais dans quelques autres vous avez déjà été magnifique.

LE DUC.

Pas de cette manière, à beaucoup près ; les nymphes de l'Opéra se bornent à l'éclat du moment ; et, au total, elles m'ont peu coûté.

LA MARQUISE.

J'oubliais qu'en effet vous avez plus d'ordre que n'exige votre immense fortune ; mais si vos offres sont rejetées, car je vois d'ici une jeune personne qui ne peut encore être tentée par l'intérêt.

LE DUC.

Elle aura des conseils.

LA MARQUISE.

Bah ! la mère Desglands, sûrement femme à grands principes, et quelques originaux du même genre.

LE DUC.

Alors, j'aurais la ressource de la faire enlever.

LA MARQUISE.

Pitoyable ! que le ridicule a reléguée dans les histoires de chevalerie ; faite pour couvrir de honte un homme qui, comme vous, n'est connu que par des succès ; enfin, criminelle et capable d'entraîner des suites fâcheuses.

LE DUC.

Eh bien ! il m'en restera une infaillible ; j'en inspirerai la curiosité au chef suprême, et quand sa fantaisie sera passée, elle ne pourra m'échapper.

LA MARQUISE.

Ceci est mieux vu ; mais la fantaisie peut ne pas venir ; et si elle vient, vous courrez le risque d'attendre longtemps votre tour.

LE DUC.

Soit ; mais je l'aurais tirée des mains de Desglands, et il n'est rien que je ne sacrifiasse, pour y parvenir.

LA MARQUISE.

Ce ne serait là qu'un demi-succès, et je ne reconnais dans ce projet ni vos talents ni votre audace ; je veux venir à votre secours : je suis persuadée que je vous servirai utilement. Il y a un charmant parti à tirer de ces jeunes gens ; nous nous arrangerons, venez dîner avec moi, d'ici là, j'aurai le temps de former un plan ; en attendant, parlons de votre jeu ; vous gagnez donc toujours ?

LE DUC.

Avec une persévérance dont je suis honteux !

La conversation ayant changé d'objet, et ne me laissant plus espérer d'autres éclaircissements sur la coalition de ces deux êtres vicieux, je vins leur donner audience, et je me suis hâté, aussitôt leur départ de vous expédier mon billet, pour pouvoir vous prévenir de cette trame odieuse, et connaître les sentiments et les résolutions qu'elle vous inspirera.

— Mes sentiments ne peuvent être autres, lui ai-je répondu, que ceux de l'indignation ; quant à mes résolutions, je vous avoue qu'elles sont trop tumultueuses pour que je puisse encore m'arrêter à aucune ; et, dans une position si cruelle et si délicate, c'est de vos conseils que j'espère le secours le plus salutaire.

— Je m'attendais bien, m'a dit ce respectable magistrat, à la tempête que j'allais élever dans votre cœur ; c'est relativement à elle que je rends grâce au destin d'être à portée de vous offrir les consolations de l'amitié ; il n'en est pas de même des conseils : je connais vos principes, votre attachement pour la jeune Louise, mais je connais aussi l'impétuosité des passions du duc. Quand je ne l'aurais pas su depuis longtemps, il suffirait de ce que je lui ai entendu dire, pour ne pas douter que celui qui peut tout faire impunément ne manque pas de tout oser ; vous ne serez donc pas surpris que, malgré la sévérité de mes principes, je vous invite à tout abandonner au destin, plutôt que de hasarder une résistance qui vous perdrait infailliblement.

— Il me semble cependant, lui ai-je observé, qu'un couvent, où elle serait conduite secrètement par ma mère, la mettrait à l'abri jusqu'à ce que le duc fut occupé d'un autre objet.

— Ce moyen serait inutile, mon cher ami, m'a dit le président ; si je croyais qu'il y eût un moyen de préserver cette jeune personne, je vous aurais offert ma maison pour lui servir d'asile ; mais croyez que toutes vos démarches sont déjà observées, que sa retraite serait découverte et violée, et que rien ne la sauvera des mains de cet extravagant qui, comme il l'a dit, aimerait mieux la livrer à son maître que de perdre l'espoir de la posséder. Enfin, entre ces deux extrémités, la moins funeste est de la voir appartenir au duc, parce que cette aventure sera de peu de durée, fera moins d'éclat que si elle était portée sur un théâtre plus élevé, et qu'on ne pourrait sans frémir songer à la voir dans cette seconde position, en se rappelant le sort de l'infortunée mademoiselle Tiercelin, autrement dit, madame de Bonneval. Je ne vois donc d'autre parti à prendre pour vous, que de céder à l'orage, de ne vous mêler en rien de cette fâcheuse affaire, de ménager à Louise le conseil de quelqu'un de sage ; par ce moyen, votre délicatesse, que personne ne s'avisera de soupçonner, ne sera pas compromise.

Notre entretien ne se borna pas là ; mais comme, à la multitude d'observations que je fis au président, il n'opposa toujours que les raisonnements et les faits renfermés dans ce que je viens de vous rapporter, je vous évite des répétitions superflues : j'ai accepté son dîner, et suis venu faire part à ma mère de mon départ prochain, et de l'étrange persécution dont nous étions menacés.

Ce qui ne vous surprendra sans doute pas, c'est qu'indépendamment du chagrin que lui cause mon départ, je ne l'ai point trouvée de même avis que le président.

— Ce n'est pas là, m'a-t-elle dit, le moyen que, ni elle ni moi, nous aurions choisi pour le bonheur de cette enfant; je sais ce qu'on appelle une nécessité inévitable; je sais que dans le temps où nous sommes la fortune est tout, et qu'on devrait regarder comme un grand motif de consolation, de rester avec dix mille livres de rente en biens fonds, une maison, un riche mobilier et des bijoux. C'est sans doute plus qu'elle ne pouvait espérer du mariage le plus avantageux; mais il s'agit de la réputation, du bonheur, et de sacrifier sa personne. Je tenterai tous les moyens possibles de la sauver de cet opprobre : une femme peut hasarder une résistance dont on vous ferait un crime. Je n'ai rien à démêler avec les ministres, et lorsque vous serez parti, mon fils, je verrai si l'on viendra d'autorité l'arracher de chez moi.

Tels sont, mes amis, les événements que j'avais à vous faire connaître; ils intéressent Louise, directement, et vous aussi, mon cher Églai, par l'attachement que vous nous avez voué.

Il me serait impossible d'exprimer les divers mouvements dont j'avais été agité pendant ce récit; d'abord, je n'avais été troublé que par la crainte de me voir séparé de Louise pour longtemps; mais lorsque j'eus entendu la conclusion, et qu'il ne lui restait pour appui que madame Desglands, mon désespoir fut au comble; un mouvement convulsif bouleversa mes sens, et M. Desglands avait à peine cessé de parler, que je lui demandai, avec une espèce de violence, s'il était possible qu'il se résignât à souffrir une pareille indignité!

— Indiquez-moi, me dit-il sans relever ce que mon emportement avait d'irrégulier, un moyen praticable et sûr, vous me le verrez saisir avec empressement.

— Ne pouvez-vous fuir une persécution aussi abominable, et chercher chez l'étranger une autre patrie et des hommes moins corrompus?

— Si j'avais une fortune qui pût se transporter avec moi, ou, qu'en sacrifiant une partie de la mienne, il m'en restât assez, j'aurais, n'en doutez pas, pris ce parti, quoique l'exécution eût pu en être troublée, et que les suites n'eussent pas été sans inconvénient, dans quelque endroit que je me fusse réfugié; mais je suis dans une impuissance absolue et je ne pourrais à mon âge, sans encourir le blâme général, renoncer à ma patrie, abandonner ma mère ou l'emmener avec moi, sans manquer à tous mes devoirs.

— Au moins, reste-t-il un parti, c'est celui d'attaquer ce monstre et de lui arracher la vie, et c'est celui que je vais prendre.

— Je ne suis point fâché, monsieur, me dit-il du ton le plus austère, de vous voir du courage; mais ignorez-vous qu'il est défendu de se faire justice soi-même, et que vous n'avez aucun titre, relativement à Louise, qui pût seulement colorer une semblable démarche qui, dans tous les cas, serait une témérité sans succès, car le duc n'accepterait point votre défi; vous seriez enfermé et perdu dès le commencement de votre carrière, et s'il l'acceptait, son âge et son expérience lui donneraient sur vous un avantage certain.

— On ne fait point, monsieur, en défendant une cause juste, de semblables calculs.

— Soit; mais il est question de savoir si, comme vous le dites, elle est juste; et avant d'entreprendre de punir ce que l'on regarde comme injuste, de descendre dans sa conscience, et se demander si, avec le pouvoir et les moyens de se satisfaire, on ne se livrerait pas, comme le duc, à l'impétuosité d'un désir qu'il est naturel qu'il ait conçu, et que tout autre que lui pourrait éprouver.

— Vous n'approuvez pas, j'espère, monsieur, les moyens qu'il veut employer ?

— Non, sans doute ; mais cet objet ne regarde que Louise.

— Je ne pense pas que l'éclat d'une grande fortune puisse l'éblouir au point de les lui rendre agréables ; mais comment pourrait-elle repousser cette persécution, lorsque le zèle de ses amis est impuissant ?

Louise retira en ce moment sa main qu'elle avait constamment tenue sur ses yeux ; ils étaient remplis de larmes, et sa céleste figure offrit à nos regards la plus vive image de la douleur et du désespoir ; j'aurais voulu pouvoir la cacher dans mon sein, la dérober à tous les regards ; je n'ai jamais désiré, comme dans cette occasion, une puissance absolue ou surnaturelle, et je m'écriai avec l'accent de la douleur :

— Est-il possible de se voir si cruellement abandonné !

— Pourquoi traiter d'abandon, reprit M. Desglands, l'impossibilité où se trouvent ses amis de résister à une force majeure ? Vous ne pouvez pas plus soupçonner le président que moi de manquer de délicatesse et d'intérêt pour Louise; et lorsque nous reconnaissons l'inutilité de notre résistance, vous devez être persuadé que tous vos efforts seraient infructueux. Quant à Louise, elle est la seule qui puisse, aidée par sa mère, opposer ses refus; mais je n'hésite pas à dire qu'il est à craindre qu'ils ne lui deviennent aussi dangereux qu'inutiles, puisque sans lui faire éviter le piège, ils la priveraient des avantages qui lui sont offerts. Je vous invite donc, mon cher Églai, à vous souvenir que dans une certaine discussion vous êtes convenu avec moi qu'on ne peut exiger de ses amis qu'ils sacrifient leur fortune à nos passions ou à nos préjugés, sans avoir des dédommagements équivalents à leur offrir; ce principe est une règle inviolable pour un galant homme, et vous ne pourriez vous en écarter sans perdre l'estime de vos amis et la mienne.

Après cette conclusion, je doutai moins que jamais que cet estimable ami fût instruit de mes sentiments pour Louise, et que même elle ne lui en eût fait l'aveu. Dans la confusion que j'éprouvais de me trouver si inférieur à lui, je n'eus rien de plus pressé que de me retirer en feignant un calme que j'étais loin de ressentir. J'étais déjà près de la petite porte, lorsque M. Desglands me rappela pour me dire de l'excuser auprès de mon père; mais qu'ayant beaucoup d'affaires jusqu'au moment d'un départ si précipité, il lui serait obligé de venir le lendemain matin, qu'il le prierait de se charger de recevoir son ordonnance de 50,000 liv. dont il lui laisserait la moitié pour ajouter à la fortune de Louise, le surplus lui étant plus que suffisant.

— N'oubliez pas non plus, ajouta-t-il obligeamment, que nous ne devons rien changer à notre manière de vivre, et que plus mon départ est prochain, plus nous devons jusqu'à ce moment être inséparables.

Je m'inclinai vers lui, ensuite vers Louise, qui me tendit une de ses belles mains, que je baisai respectueusement; j'en reçus en même temps le signal de me rendre auprès d'elle le lendemain matin : j'étais surpris de ne l'avoir pas déjà reçu, et ce fut le seul dédommagement que j'emportasse d'une soirée aussi orageuse.

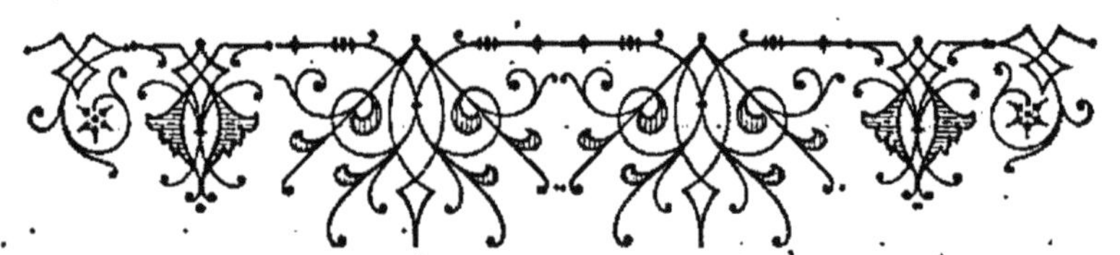

CHAPITRE XXXIII.

Après m'être acquitté auprès de mon père de la commission de M. Desglands, je m'empressai de me retirer à ma chambre pour cacher mon trouble, ou plutôt m'y livrer sans contrainte. Plongé dans une multitude de réflexions tumultueuses, je ne pus ni voir clair dans mon cœur, ni trouver d'autre repos qu'un sommeil plus pénible que tout ce que je venais d'éprouver; aussi me rendis-je auprès de Louise aussitôt que l'heure me le permit; mais sans espoir d'y retrouver le calme dont j'avais besoin.

Dans la situation où nous étions tous deux, le plaisir ne pouvait être, du moins dans le premier moment, l'objet de notre réunion. Ce qui m'occupa d'abord, fut de lui demander de fixer décidément mes idées sur ce que je devais penser de la conduite de M. Desglands à mon égard, et s'il n'était pas vrai qu'il fût instruit de nos sentiments secrets.

— Il sait tout, mon ami, me dit-elle, excepté nos rendez-vous; je lui ai tout avoué.

Peu de jours après qu'il t'eut témoigné sa satisfaction de tes cartes et de tes dessins, se trouvant seul avec moi, il me demanda s'il pouvait, sans trop présumer de lui, se flatter d'avoir quelques droits à ma confiance et à mon amitié. Après l'assurance positive que je ne connaissais personne qui y eût plus de droit que lui, et pour qui j'en eusse une plus sincère :

— Vous me le prouverez donc sans peine, me dit-il, en m'apprenant ce qui vous a éloigné de moi : vous ne me soupçonnerez sûrement pas de vouloir vous en faire le moindre reproche.

Quelque persuadée que je fusse de la bonté de son cœur, j'éprouvais un tel embarras que je ne pus d'abord m'expliquer que par mes larmes. Il saisit cet instant pour ajouter qu'il croyait m'avoir prouvé qu'il était capable de tout sacrifier à mon bonheur, pour ne prétendre qu'à mon amitié, et que si la question qu'il m'avait faite ne pouvait que m'affliger, il me priait de l'oublier.

Je me hâtai de répondre que le seul regret que j'avais de me trouver si coupable envers lui, avait causé mes larmes; mais qu'il n'aurait jamais à me reprocher de manquer de sincérité ni de reconnaissance pour sa généreuse conduite à mon égard. Alors je lui avouai comment ta rencontre m'avait éclairée sur la véritable situation de mon cœur; les efforts inutiles que j'avais faits pour vaincre cette passion; ce que la jalousie que Rose m'avait inspirée y avait ajouté, et qu'enfin le parti qu'il avait pris de me laisser à moi-même ayant levé mes scrupules, je m'étais livrée à ce penchant au point d'épier tes démarches, et que parvenue à découvrir à quels termes tu en étais avec Rose, j'avais conçu l'espoir de t'attacher à moi. Son attention a redoublé lorsque, par notre premier entretien, il eut compris que sa conduite avec moi ne t'était pas inconnue; et lorsque la suite l'y eut confirmé, par le compte que je lui ai rendu de notre explication à ce sujet, il s'est écrié :

— Ah! chère Louise, combien de torts j'ai à réparer! Je croyais n'en avoir qu'envers vous; mais ceux que j'ai envers ce jeune homme sont d'autant plus graves, qu'ils pouvaient entraîner sa perte, celle de Rose, et le livrer au libertinage.

Je rends grâce au destin qui a tout arrangé d'une manière plus favorable, en faisant tourner à l'avantage de son éducation tout ce qui devait le perdre.

Sans avoir deviné combien j'étais coupable, j'avais facilement pénétré vos sentiments pour lui et les siens pour vous; ils m'ont paru d'autant plus naturels, que je vous ai trouvés dignes l'un de l'autre, et vous avez pu vous apercevoir que je les ai favorisés. L'aveu que j'ai désiré aujourd'hui, ma chère Louise, est donc moins pour satisfaire ma curiosité que pour me mettre à portée de vous donner les conseils de l'amitié. En approuvant votre penchant pour Églai, je ne peux trop vous recommander de l'envelopper des ombres du mystère; mais je ne dois pas vous dissimuler que vous ne devez jamais songer à faire un mari de votre amant. Indépendamment de l'obstacle qu'y met sa jeunesse, il a besoin de fortune, et ses parents s'opposeraient avec raison à une union qui ne lui en procurerait pas une telle qu'ils peuvent la prétendre. Enfin, et cette raison est la plus puissante de toutes, une femme raisonnable ne doit jamais épouser l'homme qui peut avoir à lui reprocher avec certitude de ne l'avoir pas possédée le premier; beaucoup, même, sont assez injustes pour reprocher les faiblesses qu'on n'aurait eues que pour eux. Cependant je n'accuse pas Églai de penser ainsi; mais je lui connais beaucoup de susceptibilité et une disposition excessive à la jalousie; elle est telle, qu'en lui elle a un effet rétroactif, et qu'il ne m'aime que malgré lui; son cœur, qui est sincère et généreux, lui inspire de la reconnaissance pour moi; quelques qualités que j'emploie à son instruction entraînent son estime, mais il n'y cède qu'avec peine, et j'ai remarqué plusieurs fois les efforts qu'il faisait pour concilier les sentiments contraire que je lui inspirais. Je ne l'en ai que plus estimé; j'aime à trouver de l'élévation dans le cœur, et à obtenir de la raison ce que le sentiment ou le préjugé me refusent. J'ajouterai encore qu'il vous aime sincèrement et de toutes les facultés de son âme; que vous aurez toujours en lui un ami sincère, même un amant, sinon fidèle, du moins constant, parce que son amour tient à la bonté et à la sincérité de votre cœur, unies aux talents que vous avez acquis, et qui sont en grande partie son ouvrage : ce lien est indestructible. Mais plus il est précieux, plus il doit vous procurer le bonheur, moins vous devez songer à l'échanger contre une chaîne qui lui ôterait tous ses charmes.

Lorsque je me suis maladroitement, ma chère Louise, occupé de vous obtenir plutôt que de vous plaire, j'avais le projet d'assurer votre sort de manière à ne jamais dépendre de la nécessité de vous marier; ce projet devient plus que jamais une obligation que je remplirai, et ne pouvant être heureux par vous, je le serai du moins de votre bonheur. Actuellement que vous connaissez tous mes sentiments, je n'ai plus à vous demander que de ne jamais faire connaître à Églai que je sois instruit de votre liaison, cette confidence, convenable entre nous, serait inconvenable avec lui : elle n'ajouterait rien à votre sécurité, et nuirait à la sienne.

Ainsi se termina, à quelques autres conseils généraux près, une explication dans laquelle M. Desglands a eu la délicatesse de ne me faire aucunes questions sur les moyens que nous avions pu employer pour nous voir en particulier. Il m'a évité la nécessité de mentir, car je ne lui eusse jamais avoué ceux que nous avons trouvés; il doit bien soupçonner qu'il en existe, mais il ignore certainement quels ils sont.

Ces détails t'expliquent, mon ami, pourquoi j'ai éludé de répondre à la question que tu m'as déjà faite à ce sujet, et j'aurais encore évité de le faire aujourd'hui, si le changement des circonstances et le prochain départ de M. Desglands ne me dégageaient, en quelque sorte, de la parole que je lui ai donnée. Tu dois aussi y trouver l'explication de toute sa conduite avec toi, et du soin qu'il a pris de combattre toutes les idées qu'il a crues nuisibles à ton bonheur. Tu te souviens sans doute de la plus longue de vos conversations, et je t'avoue que dans cette occasion j'ai tremblé que ta vivacité ne l'entraînât à quelque chose de mortifiant pour moi et de nuisible pour toi dans son opinion; car, il faut en convenir, tu es extrêmement jaloux.

— Serait-il possible, répondis-je avec vivacité, de ne pas l'être d'une si adorable amie? Je conçois à présent comment le tranquille et raisonnable Desglands a pu consentir à te perdre; mais tout en admirant sa modération, je ne peux m'accoutumer à l'insupportable idée de te voir devenir la proie de cet odieux duc.

— Ah! mon ami, ne m'impute pas les torts du destin; je les sens sûrement plus vivement que toi : ne m'ôte pas le courage de finir ce qui me reste à te dire; après, nous verrons s'il y a quelques moyens de nous soustraire aux malheurs qui nous menacent, et tu sauras si tu peux douter du cœur de ta Louise!

Cette promesse, et la curiosité, suspendirent l'amertume de mes peines; je l'invitai à poursuivre.

— Aussitôt que tu nous eus quittés hier au soir, reprit-elle, M. Desglands me dit, du ton le plus grave :

— Voici, ma chère amie, un événement affligeant pour tous ceux qui s'intéressent à vous, et qui doit paraître cruel à un amant du caractère d'Églai. J'ai fait tout ce que j'ai dû pour soutenir son courage et le maintenir dans de justes bornes; ce sera à vous à faire le reste, et à lui éviter de se perdre. Il vous aimerait bien peu, s'il ne distinguait les sentiments qu'il a obtenus de vous, des complaisances que vont vous arracher la tyrannie. Il se trouve dans une position moins fâcheuse que celle où l'aurait mis un mariage avantageux pour votre fortune, puisque ceci ne peut être que de courte durée, et il doit se demander, s'il eût cessé de vous aimer, parce que vous auriez été obligée de céder à la volonté de vos parents ou de vos tuteurs? Voilà tout ce que je peux me permettre de vous dire sur cette matière. Quant à l'événement sans doute inévitable, vous vous conduirez d'après les circonstances.

Ma mère, dont l'affection pour vous s'étend jusqu'à vouloir, dans une position aussi délicate que désagréable, tenter de vous préserver, vous attend ; passez chez elle; elle sait que j'ai dû vous prévenir.

Après un court remercîment, je le saluai, et passai de suite chez madame Desglands.

— Qu'as-tu à te chagriner, mon cher amour? me dit-elle en me tendant les bras; tu es bien moins à plaindre que si tu étais forcée par nécessité de prendre un vieux mari, qu'il te faudrait garder tant qu'il plairait au ciel. Ici, j'en conviens, on veut aussi forcer ton inclination; mais ce joug, s'il fallait le subir, ne durerait qu'un moment : les hommes de la trempe du duc ne cherchent qu'à satisfaire leur vanité. Ce moment passé, tu serais rendue à ta liberté, et pour dédommagement, tu aurais une fortune considérable et indépendante. On saurait bien que tu n'aurais cédé qu'à la force ; et aux yeux des honnêtes gens, tu ne perdrais rien de l'estime que tu mérites. Mais j'espère parvenir à te préserver du malheur dont tu es menacée. Ce duc ne pourra parvenir à t'ôter d'avec moi par la ruse, et s'il osait le tenter par la force, la résistance que je lui opposerais, l'éclat qui en résulterait serait si public, que son pouvoir échouerait contre celui des lois ; mais pour que je puisse me conduire de cette manière, il faut que Desglands soit parti.

Je me jetai dans le sein de cette bonne mère, en l'assurant que je ne pourrais jamais me résoudre à voir le duc sans lui montrer le mépris qu'il m'inspirait.

— C'est cependant, me dit-elle, ce qu'il faudra faire ; je crois bien qu'il sera assez délicat pour employer des ménagements, et déguiser ses intentions. Il sera tout simple qu'à ton âge et sans expérience, tu sois venue me répéter tout ce qu'il t'aura dit, et du moment que je serai instruite, j'aurai le droit de lui parler ouvertement et de te garder avec précaution. Ainsi ton rôle se réduit à ne montrer ni goût ni aversion, et à rester dans l'état d'indifférence où tu es pour lui, afin de ne pas blesser sa vanité.

C'est après cette exhortation que je suis venue t'attendre, sans avoir pu trouver un moment de sommeil paisible. Dis-moi à présent, mon ami, ce que tu exiges de ta Louise : veux-tu fuir? je suis prête à te suivre.

— Il faudrait, chère amie, des moyens que je n'ai pas ; on ne trouve point de places chez l'étranger; elles sont de préférence données aux nationaux. Il n'y a que le commerce; mais il faut des fonds.

— Ne peux-tu en trouver chez ton père?

— Je courrais le risque d'en prendre qui ne lui appartiendraient pas, et d'exposer sa réputation.

— Eh bien ! les vingt-cinq mille livres que doit laisser M. Desglands pour moi ?

— Il serait odieux de me servir de l'argent de ton bienfaiteur, d'un ami généreux; j'aimerais mieux mourir. Comment d'ailleurs abandonner mon père, ma mère et mes sœurs? C'est un pas impossible à franchir.

— En ce cas, trouve donc un secret pour me rendre laide aux yeux du duc, mais pas assez pour perdre ton amour.

Je fus pénétré de ce témoignage d'une si vive tendresse, et lorsque je le comparai intérieurement aux infidélités multipliées dont j'étais déjà coupable, je sentis combien peu je le méritais, et que je serais encore trop heureux de céder à la rigueur du sort. Cependant, mon cœur se soulevait contre la résignation qu'exigeaient les circonstances. Je ne pus lui répondre qu'en me jetant dans ses bras; nous confondîmes nos pleurs; le plaisir vint bientôt les sécher et nous conduire à la volupté, dont j'ignorais que l'affliction pût ouvrir une nouvelle source. Il semblait que ce moment fût accordé, et qu'il dût voir le terme de notre vie avec celui de notre bonheur. Délices du premier jour, vous fûtes égalées, si même vous ne fûtes surpassées !

Avec l'ardeur du plaisir s'éteignirent aussi les ressentiments et les regrets. Un sentiment plus calme succéda pour le moment à ceux qui m'avaient agité; je crus sentir que le bonheur d'être aimé de Louise pouvait me tenir lieu de tout, et je fus le premier à lui promettre de ne jamais lui faire de reproches, et à l'inviter à se conduire d'après les conseils de ses amies; que n'ayant que ce moyen de contribuer à sa fortune et à son bonheur, je n'aurais pas du moins le regret d'y avoir mis obstacle.

Les heures s'étaient écoulées avec rapidité : j'avais laissé passer celle ordinaire de ma retraite; elle se fit cependant sans aucune rencontre fâcheuse.

CHAPITRE XXXIV.

Je n'avais point oublié que j'avais un rendez-vous avec Henriette. Jamais semblable engagement ne me parut plus importun : c'était, dans la circonstance, une véritable imposition; mais il fallait l'acquitter, le caractère pétulant et inconsidéré d'Henriette m'en faisait une loi. Je la connaissais capable de venir jusque chez mon père s'informer des causes de mon inexactitude; je me rendis donc à mon petit logement, où elle ne me laissa pas longtemps livré à mes réflexions.

Elle était de l'humeur la plus gaie, et m'annonça qu'elle était parfaitement résolue à terminer avec M. Schmit. Je fus d'autant plus charmé de cette résolution que, dans les circonstances pénibles où je me trouvais, je ne sentais plus que le poids de cette liaison et l'imprudence que j'avais eue de la former. Je lui dis tout ce que je pus trouver de plus flatteur sur sa raison; que cela me tranquillisait et me rendrait moins pénible la nécessité où je craignais de me trouver de ne pouvoir assister à son mariage, comme elle le désirait, et même d'être retenu, à compter de ce jour, par des chagrins et des affaires de famille qui prenaient aussi sur ma santé.

Je n'eus pas plutôt touché cette corde, qu'elle me menaça de tout rompre, s'il lui fallait perdre un seul des instants qu'elle m'avait consacrés et où elle serait tout entière à moi; qu'ils étaient trop courts pour qu'elle en fît le sacrifice; que sûrement je m'exagérais des chagrins qui devaient disparaître à la voix de l'amour; que, quand à ma santé, elle ne paraissait point altérée, et qu'elle allait me guérir par ses caresses. Cette promesse fut aussitôt exécutée. Henriette, était, ce jour-là, d'une simplicité de parure qui ne lui était pas ordinaire et qui ajoutait à ses charmes. Ils produisirent leur effet; le plaisir reprit son empire, et j'oubliai, pour le culte de ce dieu, mes peines et mes projets de sagesse.

J'étais cependant hors d'état de lui faire des offrandes multipliées; celles que j'avais faites le matin me réduisaient à l'impossibilité d'en faire plus d'une, que je prolongeai avec tant d'art, que mon ardente maîtresse y fut trompée. Nous nous séparâmes également satisfaits, mais sans que j'aie pu éviter de m'engager à lui donner les deux jours suivants.

Elle s'était trouvée pressée de rentrer; il n'était qu'onze heures lorsqu'elle me quitta. Autant pour éviter toutes réflexions tristes que pour m'étourdir sur la légèreté de ma conduite et les justes reproches qu'elle méritait, je pris le parti d'aller visiter mademoiselle Harelle et ma tendre et modeste Minette. Je n'avais point oublié le projet de l'associer à la bonne fortune que m'avait prédite mon petit montagnard, et l'époque du tirage était très prochaine.

Je pris tout de suite avec la sœur aînée le ton aisé d'une ancienne connaissance; je me tins au contraire avec la plus jeune dans une réserve convenable. Mais après quelques moments d'entretien indifférent, je m'adressai à elle pour lui demander si elle voulait me prêter un écu.

— Avec plaisir, monsieur, me dit-elle; mais c'est sûrement une plaisanterie, il n'est pas vraisemblable que vous ayez besoin d'un écu.

— Pardonnez-moi, mademoiselle, j'en ai le plus grand besoin.

— Si vous avez oublié de prendre votre argent sur vous, dit aussitôt l'aînée, je peux, monsieur, vous en offrir davantage.

— Je n'ai besoin que de cela, mademoiselle, et c'est à mademoiselle votre sœur que je veux en avoir l'obligation.

Pendant ce temps, ma chère petite avait tiré de sa bourse un écu, qu'elle me présenta.

— Bon! m'écriai-je en tirant mon billet de loterie, vous voilà mon associée : si je perds, c'est un écu que vous ne reverrez jamais; m'en voudrez-vous beaucoup de cette perte?

— Non, je vous assure.

— Et moi, dit l'aînée, je dirai à madame votre mère que vous perdez votre argent à la loterie, et que vous venez inspirer à ma sœur un goût pernicieux.

— Ce serait, mademoiselle, une accusation inutile et calomnieuse : inutile, parce que chacun est maître de sa propriété, et que ma mère ni personne ne peut m'empêcher de mettre un écu à la loterie; calomnieuse, parce que je n'en ai ni le goût ni l'habitude.

Et je lui appris la rencontre que j'avais faite de mon petit Savoyard, et la confiance qu'il m'avait inspirée.

— A la bonne heure, monsieur; vous avez

raison pour vous, qui pouvez perdre un écu indifféremment; mais il n'en est pas de même de ma sœur.

— Et si nous gagnons?

— Ce sera une heureuse folie; mais j'espère qu'elle n'y retournera pas.

— Je suis bien aise de connaître vos intentions; je retiendrai par mes mains de quoi continuer: ainsi, au lieu de vous donner le billet, je le garderai.

— Heureusement que vous ne gagnerez pas, et que vos méchants projets resteront sans exécution.

— C'est ce que l'événement nous apprendra: vous le saurez après-demain, et, perte ou gain, je viendrai samedi au plus tard humble ou triomphant.

Je me retirerai immédiatement après leur avoir laissé les numéros.

En rentrant chez mon père, je le trouvai de retour de la visite qu'il avait faite à M. Desglands; il m'entretint avec intérêt de la perte que j'allais faire d'un ami si précieux; mais il ne me parut pas instruit de ce qui concernait Louise, et je ne crus pas devoir rompre un silence que ses amis avaient jugé convenable de garder.

CHAPITRE XXXV.

Je me rendis chez M. Desglands, ainsi qu'il me l'avait recommandé. Quoique chacun de nous s'efforçât de mettre du sien pour ramener la gaîté, notre dîner fut triste; nous ne pûmes retrouver cette douce sécurité qui était l'âme de notre société. La musique, à laquelle nous eûmes recours, ne fut qu'une faible ressource : Louise, qui était triste et sans doute fatiguée de l'insomnie de la nuit précédente et du tête-à-tête orageux qui l'avait suivie, se plaignit d'un peu d'indisposition et témoigna le désir de se retirer de bonne heure. Nous nous séparâmes plus tôt qu'à l'ordinaire et sans qu'elle m'eût fait aucun signal pour le lendemain, ce qui ne pouvait venir plus à propos pour les deux derniers rendez-vous auxquels j'étais encore engagé avec l'exigeante Henriette.

Je m'en acquittai aussi exactement que d'un récitatif obligé, et comme ils n'eurent rien de plus particulier que les précédents, je ne parlerai plus que du jour du mariage, que j'attendais avec impatience comme le terme de cette liaison.

Mais, avant de rendre compte de ce jour, je ne peux omettre pour l'ordre des événements, celui plus important qui l'a précédé.

Après une multitude de promesses que je n'avais nulle envie de tenir, je quittai la belle Henriette et m'empressai d'aller connaître si la fortune me serait aussi favorable que l'amour. Je restai dans une sorte d'immobilité, en voyant affichés à la porte d'un bureau cinq numéros dans le nombre desquels étaient les trois miens. Je n'en pouvais croire le témoignage de mes yeux; je m'imaginai que c'était l'inscription du précédent tirage qui était restée, et pour m'en éclaircir, j'entrai dans ce bureau, où je fus bientôt convaincu que ce n'était pas une illusion. Je n'en fus pas plutôt assuré, que je courus chercher le petit Charles, à qui je devais cette bonne fortune. Il était avec sa mère, à travailler dans une maison voisine, où son père, que j'avais trouvé, me conduisit.

Ce jeune enfant ne m'eut pas plutôt aperçu, qu'il me dit :

— N'ai-je pas mieux fait, monsieu, de vous faire prendre mon billet ? je gagne pu que vous, puisque je gagne un proutecteur et un bon maître.

En même temps, il me baisait la main avec une expression vraiment touchante.

Je lui dis que j'étais venu demander le consentement de son père pour lui donner un maître d'écriture, et que s'il profitait de l'instruction qu'on lui donnerait, je ne tarderais pas à le placer utilement pour lui; qu'en attendant je pourvoirais à son habillement et à ses autres dépenses, pour que ses parents ne souffrissent pas de la perte de son travail. Je lui recommandai, en conséquence, de venir dès le lendemain matin prendre ce dont je voulais disposer en sa faveur; et je laissai à son père six louis pour payer le maître d'école; après quoi je me dérobai, mais difficilement, aux témoignages de reconnaissance, aux bénédictions de cette petite famille, et quoique je n'eusse pas encore de moyen déterminé de placer le jeune Charles, je sentais trop vivement le désir de le servir pour être arrêté par cette difficulté.

Le plaisir de bien faire est sans doute le plus pur de tous, car ce moment me fit oublier mes peines et toutes les passions tumultueuses dont j'étais agité. Un calme si heureux fut encore soutenu par la faveur inattendue que me faisait la fortune, en me mettant à portée de procurer à ma chère Minette une aisance beaucoup plus étendue que mes moyens précédents ne me l'eussent permis. Je fus donc recevoir, sans différer, le montant du billet, pour lui en remettre la portion qui lui appartenait, et lui réserver l'autre par les moyens que j'avais imaginés.

Je déposai sans bruit cette somme à ma chambre, et me préparai à me rendre chez M. Desglands, où je trouvai les esprits à peu près dans la même disposition que la veille, et Louise dans un si grand négligé, qu'on n'aurait pu sans injustice l'accuser d'avoir le dessein de plaire.

Après tout ce qui m'était arrivé depuis le matin, j'étais loin de m'attendre à voir troubler si promptement un jour commencé sous d'aussi heureux auspices.

Nous étions à table, le premier service allait être ôté, lorsqu'on annonça M. le duc de Mesle. M. Desglands s'était levé pour l'aller recevoir dans le salon, lorsqu'il se montra à l'entrée de la salle à manger.

— Vous ne voulez donc pas, mon cher Desglands, me donner à dîner?

— Si le nôtre, monsieur le duc, peut vous être agréable, il est à vos ordres ; mais vous supporterez la peine d'être venu sans vous être fait annoncer.

— C'est un plaisir de plus que de dîner en famille et sans cérémonie ; il faut bien d'ailleurs que je vous surprenne, puisque jamais vous ne m'avez invité.

— C'est une faveur que vous me faites, mais que je ne me serais pas permis de vous demander.

—C'en sera une pour moi, monsieur Desglands ; mais j'oubliais que je suis chez madame votre mère ; et que c'est d'elle que je dois l'obtenir.

La familiarité de M. le duc, ou plutôt le ridicule de sa conduite, était, comme l'on voit, couvert par les égards et les mots recherchés.

Madame Desglands n'y répondit que par ceux d'usage, fit apporter un couvert, et le duc confus, disait-il, de nous voir tous debout, se hâta de se mettre à table. . . . .

J'ai déjà eu occasion de dire que le dîner de M. Desglands était toujours bon, même recherché. M. le duc n'eut donc rien à regretter, aussi loua-t-il tous les mets avec exagération.

Après toutes les phrases parasites que je supprime, le duc en vint à son but, mais par de longs détours, et avec l'adresse d'un courtisan exercé.

— Je sais, dit-il à M. Desglands, que vous allez partir pour Constantinople, et je suis venu vous prier de vouloir bien vous charger, pour moi, auprès de M. de S....., notre ambassadeur, de plusieurs choses qui m'intéressent.

M. DESGLANDS.

Vous pouvez, monsieur le duc, compter sur mon exactitude.

LE DUC.

Je craignais, je vous l'avoue, de vous trouver un peu fâché contre moi.

M. DESGLANDS.

Je n'en ai aucun sujet, que je sache.

LE DUC.

C....... ne vous a donc pas dit que j'avais contribué, pour beaucoup, à la résolution qu'il a prise de vous charger de la mission que vous allez remplir?

M. DESGLANDS.

Il ne m'en a rien dit.

LE DUC.

C'est une maladresse de ma part de vous l'apprendre, mais je vous en croyais instruit.

M. DESGLANDS.

Aucunement.

LE DUC.

Puisque je vous l'ai appris, il faut que je vous dise comment cela s'est passé. Je suis arrivé auprès de lui dans le moment où il était occupé du choix à faire pour remplir ses vues ; il m'en parla. Dans les dispositions que vous me connaissez à votre égard, mais sans lui taire votre répugnance, je vous ai rappelé à son souvenir. Voilà mon seul tort, si c'en est un.

L'indignation que me causa cette fausseté se peignit sur mes traits au point de les altérer. L'impassible Desglands me proposa des confitures en disant :

— J'aime la douceur ; je voudrais bien n'être pas le seul ; à nous deux, monsieur Églai.

Après m'avoir ainsi rappelé à moi-même, il se hâta de répondre ainsi au duc :

— A la cour et dans la carrière que vous parcourez, monsieur le duc, il n'est pas étonnant que vous ne croyez pas à l'amour du repos et de l'obscurité. Je ne peux donc vous en vouloir d'avoir cru me servir en me forçant à y renoncer ; il est d'ailleurs juste que je sacrifie mes goûts et ma santé à mon devoir. . . . .

LE DUC, *du ton le plus affectueux.*

J'espère, mon ami, qu'elle n'en souffrira point, et je voudrais, avant votre départ, pouvoir vous convaincre du vif intérêt que je prends à tout ce qui vous touche. Vous m'avez déjà dit que les deux jeunes personnes qui sont ici vous tenaient lieu de frère et de sœur; ne pourrais-je, pour cet aimable cavalier, faire quelque chose d'utile ? Si la carrière militaire était de son goût?

M. DESGLANDS.

Monsieur le duc, ce jeune homme ne dépend pas de moi, mais de son père qui le destine au barreau, et il n'a pas l'avantage d'être gentilhomme.

LE DUC, *à madame Desglands.*

C'est dommage que je ne sois plus libre; il me resterait la possibilité de prétendre à votre charmante fille, et l'espoir de l'obtenir de vous, madame.

Mme DESGLANDS.

Vous êtes en train de vous mésallier aujourd'hui, monsieur le duc.

LE DUC.

Il serait à souhaiter que nous ne fissions point d'autres mésalliances, ce ne serait pas se mésallier que de choisir les talents et les vertus.

M. DESGLANDS.

On ne voit plus de cela que dans les drames et les romans.

LE DUC.

Cela se voit encore quelquefois dans le monde, et je suis, je crois, à portée de vous en convaincre, si vous n'avez pris aucun engagement pour mademoiselle.

Mme DESGLANDS.

Elle est encore assez jeune, monsieur, pour que nous n'y ayons pas pensé; je ne peux et ne veux d'ailleurs me mêler que de ses intérêts; je ne gênerai pas son inclination.

LE DUC.

Je ne le voudrais pas non plus; mais voici ce que je peux vous proposer pour le bonheur de mademoiselle, et ce qu'il est en mon pouvoir de faire réussir. Le capitaine d'Ervieux, à qui je connais environ vingt mille livres de rente, se trouve, quoique jeune encore, de la plus mauvaise santé; elle est tellement ruinée, qu'il est impossible qu'elle se rétablisse; il espère cependant ce miracle d'un séjour aux îles de France et de Bourbon, et me sollicite de le faire passer de son régiment dans celui qui va partir pour ces îles : je ne lui ai encore rien promis, je lui ai même dit qu'il ferait mieux de prendre un congé pour aller essayer les eaux de Barèges; qu'en passant aux îles, il courrait risque de laisser son bien au domaine.

« — Pourvu que j'y passe, m'a-t-il répondu; je ferai mon testament en faveur de qui vous voudrez. »

Vous voyez, madame, que je peux mettre des conditions à la faveur qu'il me demande, et que c'en sera une bien douce que de laisser sa fortune à une jolie femme.

Mme DESGLANDS.

Ce sera être veuve que de se marier ainsi.

LE DUC.

Ce n'est pas le moindre des avantages de ce parti. Mademoiselle se trouvant libre et assez riche pour choisir un autre mari qui lui convienne, j'aurai soin que tout soit à elle d'une manière incontestable.

Mme DESGLANDS.

Permettez, monsieur le duc, que ma Louise, qui ne s'attendait pas que nous aurions l'honneur de vous recevoir, nous quitte pour aller faire une toilette plus convenable.

Louise qui souffrait et dont les yeux étaient pleins de larmes, se hâta de sortir de la contrainte où elle était, et le duc après l'avoir saluée reprit ainsi :

— Eh bien ! madame, avez-vous quelques observations à faire?

Mme DESGLANDS.

Il me semble, monsieur le duc, que vous disposez de M. d'Ervieux avant d'avoir son consentement, et que j'en ferais autant, si je me permettais de vous répondre avant d'avoir celui de ma Louise.

LE DUC.

Il est juste, madame, qu'elle soit consultée quant à moi, je vous réponds de vous présenter demain d'Ervieux, et s'il se refusait à une union qui ne peut lui promettre qu'un sort heureux, il n'irait jamais à l'île de Bourbon de mon consentement.

Mme DESGLANDS.

Quel que puisse être l'événement, monsieur le duc, il ne pourrait avoir lieu qu'après le départ de mon fils; je souhaiterais donc qu'il n'en fût pas question avant.

LE DUC.

Cela est trop juste; mais la visite de d'Ervieux ne vous engage à rien; elle ne sera pour moi qu'un moyen bien sûr de le déterminer. Ne la trouvez-vous pas indispensable ?

Mme DESGLANDS.

Ce sera, à cet égard, monsieur le duc, quand il vous plaira.

Il ne fut plus question de cet objet tant que le duc resta avec nous. Après le dîner, on passa au salon où Louise ne tarda pas à paraître.

Quoique très simplement parée, le duc en prit occasion de lui adresser des choses flatteuses. Madame Desglands, qui voulait sans doute éviter à Louise l'embarras d'y répondre, fixa l'attention du duc sur quelques dessins de ma charmante écolière qui se trouvaient placés dans le salon; ce fut un nouveau sujet d'éloge, mais j'en eus ma part, M. Desglands n'ayant pas manqué de me faire connaître pour l'instituteur. Après ces compliments, qui étaient mérités, le duc ajouta :

— Vous ne renoncerez sûrement pas, mademoiselle, à cultiver un talent si précieux ?

A cette question, qui procurait à Louise l'occasion de faire connaître ses résolutions, elle répondit avec assurance :

—J'ai le projet, monsieur, d'y atteindre la perfection; je ne sais pas si je réussirai, mais je n'y renoncerai que forcément.

— Qui pourrait vouloir vous y obliger; monsieur (en portant la vue sur moi) ne voudrait pas abandonner ce qu'il a commencé avec tant de succès; vos progrès suffiraient pour lui donner de la célébrité, s'il avait le projet d'y prétendre en ce genre.

Le duc me dispensa de répondre en prenant congé, et nous débarrassa d'un poids également insupportable à tous.

Après son départ, M. Desglands, au lieu de passer avec sa mère dans l'appartement de celle-ci, comme je le pensais, pour s'y entretenir en particulier, nous dit sans détour :

— Je ne sais, mes amis, ce qui vous aura le plus surpris de l'aisance avec laquelle le duc de Mesle est venu s'établir ici, ou du rôle qu'il vient d'y jouer ; mais ce que vous ne pouvez deviner, c'est qu'il n'y a de vrai, de tout ce qu'il nous a dit, que le mauvais état de santé de M. d'Ervieux.

Je connais de vue cet officier qui est réellement cadet d'une ancienne famille de la province d'Anjou. Il y a longtemps qu'il a mangé sa légitime et qu'il vit d'intrigues. Aussi dépourvu de ressources que de santé, il est un des lâches complaisants des hommes puissants, et sa prétendue fortune ne peut être que celle que le duc lui suppose et qu'il fournira lui-même. Au surplus, je lui sais intérieurement gré de ce moyen, soit qu'il vienne de lui, ou qu'il lui ait été suggéré par la marquise de C...., sa confidente; il sauve tout le scandaleux de cette affaire.

— Oui, dit madame Desglands, je pourrai avouer ma Louise et la conduire à l'autel, et son tuteur remplir ses fonctions et lui tenir lieu de père, sans que nous soyons obligés, avec lui, à entrer dans aucuns détails désagréables.

Quant à vous, mon cher Églai, reprit M. Desglands, votre rôle est déjà marqué, et je ne doute pas que vous vous en acquittiez bien, puisque vous en aurez fait l'apprentissage; car, si j'ai bonne mémoire, vous serez demain premier garçon d'une noce.

Je me serais presque fâché de cette conclusion qui avait le ton de la plaisanterie. M. Desglands était si habitué à me deviner, qu'il me dit :

— Mon cher Églai, de deux philosophies à adopter dans cette vie, croyez-moi, la préférable est celle de Démocrite.

— Cela peut être vrai, dit madame Desglands; cependant je ne peux rire, mon cher fils, ni m'accoutumer à l'idée de votre départ.

— Tout ceci, ma mère, va cependant me le faire hâter. Je compte après-demain au soir monter en voiture; mais ce qui doit nous tranquilliser tous, c'est que le voyage sera court, et que, comme il n'est au fond qu'un prétexte, on me laissera libre de revenir aussitôt que je le demanderai : en attendant, Églai me remplacera auprès de vous, et vous parlera de moi tous les jours.

Je me jetai dans les bras de cet estimable ami; c'était la première fois que, de moi-même, je me permettais pareille effusion; il partagea ma sensibilité et me conduisit à sa mère qui m'embrassa avec affection.

Les bontés de cette respectable dame pour moi, sa conduite dans tout ce qui concernait Louise, la modération de son affliction au moment de ce départ, enfin, ce que je connaissais de la sévérité de ses principes ne m'ont pas permis de douter qu'ayant pénétré une partie des sentiments de son fils, elle m'avait regardé comme un préservatif de la faiblesse qui aurait pu le conduire jusqu'à épouser Louise, et qu'enfin, les événements inattendus qui allaient enchaîner cette jeune personne, en la débarrassant de toute crainte d'une union mal assortie, balançaient dans son cœur, la privation qu'elle allait éprouver de la présence d'un fils si cher.

J'allais me retirer, lorsque madame Desglands me dit :

— Nous ne nous verrons pas demain de toute la journée, mais j'espère que vous ne me ferez rien perdre de la suivante.

Je l'en assurai, et fus chercher auprès de ma famille quelque distraction aux idées pénibles dont j'étais affecté.

CHAPITRE XXXVI.

Le mariage d'Henriette ne se présentait à mon imagination que comme une corvée insupportable dans la circonstance où je me trouvais. J'arrivai chez elle dans cette disposition ; la tristesse que je ne surmontai que difficilement, fut prise, par elle, comme le regret de la voir passer dans les bras d'un autre. Je le lui laissai croire. Il n'y eut pas d'imprudence qu'elle ne voulût tenter pour ménager, avec moi, un moment de tête-à-tête, je ne me prêtai à aucune.

Le mariage fut enfin contracté à ma grande satisfaction, et l'on se rendit de suite chez M. Schmit. L'assemblée étant assez nombreuse, j'eus souvent occasion de m'entretenir avec la mariée, et ne craignant plus qu'elle pût disposer de ses matinées, comme elle faisait auparavant, je lui dis que j'allais être privé de mon petit logement, mon ami m'ayant annoncé son retour.

— Nous y pourvoirons d'une autre manière, me dit-elle, et si vous n'en trouviez pas de votre côté, j'en aurai bientôt du mien ; nous en parlerons aussitôt que vous serez venu me voir.

Je l'assurai d'un empressement que j'étais bien éloigné d'avoir.

Il ne se passa rien dans cette ennuyeuse journée qui mérite d'être rapporté, si ce n'est l'usage bourgeois auquel je fus obligé de me conformer, de détacher la jarretière de madame la mariée, en me glissant sous la table.

Pour que tout se passe décemment on attache ordinairement, au-dessous du genou, un ruban long pour que tous les jeunes gens de la noce en ayent chacun un bout. Je fis en conséquence, une éclipse lorsque chacun était occupé à écouter des chansons, et je pénétrai facilement dans un pays dont je connaissais les avenues et qu'on ne défendait pas contre moi. Je ne pus résister au plaisir de parcourir, pour la dernière fois, un si charmant domaine, et je sentis quelque regret de le voir livré à un propriétaire qui n'en connaîtrait pas le prix.

Quoique rentré tard, je ne me rendis pas moins, de bonne heure, chez M. Desglands. Il ne s'était rien passé de nouveau que la visite annoncée de M. le chevalier d'Ervieux ; mais le duc ne l'ayant amené que comme par hasard et en venant donner ses commissions à M. Desglands, cette visite n'eut rien d'embarrassant pour personne.

La matinée fut remplie par les préparatifs de départ. La chaise fut chargée par nos soins et fermée à clef. Il fut convenu entre madame Desglands, son fils et moi, que mon père ne serait appelé, relativement à Louise, que lorsqu'il y aurait des démarches effectives de faites. Il me laissa le soin de ses affaires personnelles, concurremment avec mon père, et de tous les détails où je pourrais être utile à madame sa mère ; il passa ensuite dans sa chambre, et après y être resté quelques minutes, nous nous réunîmes. Louise ne parut qu'au moment du dîner, qui fut prolongé plus qu'à l'ordinaire. M. Desglands nous occupa avec tant d'art et de soin, qu'il écarta tout ce qui pouvait ramener l'idée de son départ. En quittant la table il nous dit :

— Nous allons sortir un moment nous deux, monsieur Églai.

Je le suivis.

A peine fûmes-nous dehors qu'il m'apprit que sa chaise avait été transportée à bras chez son sellier où les chevaux de poste devaient être déjà rendus. A la surprise que j'en témoignai, il répondit que pour éviter le chagrin des adieux il s'était ménagé ce moyen; qu'à mon retour, j'expliquerais aux deux dames ses motifs; que quant à moi, il était bon que j'apprisse qu'il fallait quelquefois savoir s'éloigner des objets de son affection; que cependant il regrettait particulièrement de me quitter, mais qu'il avait pourvu à le remplacer en me recommandant à ses amis; que je trouverais dans le président de L...tout l'appui et la protection dont je pourrais avoir besoin; que, d'ailleurs, j'étais d'âge à marcher sans lisières, et qu'il n'y avait pas de mal que j'essayasse mes forces.

— Nous nous reverrons, ajouta-t-il, et je suis aussi sûr de votre attachement pour moi que de ma constante amitié pour vous.

Nous arrivions, en finissant ces mots, auprès de sa voiture; il m'embrassa et s'y précipita sans que je pusse trouver d'autres expressions que de le serrer de toutes mes forces contre mon cœur.

Il était déjà hors de ma vue, que, resté à la même place, je n'avais encore rappelé aucune de mes idées; et quand j'arrivai chez madame Desglands, les larmes qui se firent passage leur apprirent en me soulageant, ce qui venait de se passer.

—Mon fils, me dit madame Desglands, m'avait bien prévenue qu'il partirait de cette manière, mais je ne m'attendais pas que ce serait si tôt.

Je ne pus douter, après avoir entendu madame Desglands, que son fils avait eu la délicatesse de se priver d'embrasser Louise, pour ne pas blesser ma jalousie, et aussi qu'il avait voulu me donner un nouvel exemple de fermeté, bon à suivre, dans la position où j'allais me trouver, lorsque je serais témoin du mariage de cette belle personne.

Après être restés quelque temps occupés de notre douleur, madame Desglands m'invita à venir partager son dîner.

—Je n'aurai bientôt plus que vous, ajouta-t-elle, j'espère que vous ne m'abandonnerez pas.

Je l'assurai que je m'efforcerais de remplacer son fils dans tout ce qui pourrait lui rappeler son respect et son zèle à remplir ses ordres.

Cette dame nous ayant laissés en nous prévenant qu'elle allait à sa chambre où elle souhaitait être seule, je me trouvai en liberté avec Louise.

— Il y a longtemps, me dit cette tendre amie, que nous ne nous sommes entrenus ; j'ai beaucoup de choses à te dire. Si tu crois pouvoir arriver ici après minuit, sans qu'on s'en aperçoive chez toi, je peux te procurer un passe-partout qui te donnera le moyen d'entrer et de sortir quand tu voudras. M. Desglands a laissé le sien sur le bureau de la bibliothèque; tu peux l'aller prendre ; personne ne saura s'il l'a laissé ou emporté avec lui.

Je voulais profiter de la circonstance pour lui tenir compagnie.

— Non, me dit-elle, séparons-nous; il est plus convenable que j'aille partager le chagrin de madame Desglands, ou du moins que je sois seule quand elle me demandera, pour qu'elle ne puisse penser que tu restes ici pour moi.

Je la quittai, et comme il était de bonne heure, je fus prendre à ma chambre la part qui revenait à l'aimable Minette, dans le gain que j'avais fait à la loterie. Il commençait à être au moins ridicule que je n'y eusse pas paru, puisque par les numéros que je leur avais laissés, elles devaient savoir que le sort m'avait favorisé.

— Eh bien! mademoiselle, dis-je à mademoiselle Harelle l'aînée, avais-je tort?

— Que voulez-vous que je vous dise, monsieur, on a toujours raison quand on réussit.

— Voici, mademoiselle Minette, quatre mille trois cents livres qui vous appartiennent, je souhaiterais que ce fût quatre cent mille livres.

— Je vous remercie, monsieur; est-ce que vous avez pu porter tout cela?

— Non, mademoiselle; je suis venu en voiture.

Je dois vous prévenir que je n'ai pas tout apporté, j'ai gardé cinquante francs.

— Pour y remettre encore? dit vivement l'aînée.

— Je vous en ai prévenue : tant que ces cinquante francs dureront, je mettrai à chaque tirage trois livres pour moi et trois livres pour mademoiselle Minette. Elle m'a porté bonheur ; voulez-vous en être, mademoiselle? il ne tient qu'à vous.

— Dieu m'en préserve! j'aimerais mieux, je crois, les manger.

— Oh! ceci me regarde. J'espère bien que vous me ferez l'honneur d'accepter un dîner à la campagne.

— Vous espérez fort mal ; nous ne ferons point de dîner à la campagne avec un jeune homme comme vous ; il n'en faudrait pas plus pour scandaliser tout mon voisinage.

— Vous accepterez donc un billet de spectacle.

— Encore moins. Je n'irai certainement pas me damner pour vous faire plaisir.

Je ne finirais pas si je racontais par combien d'absurdités elle soutint son système contre les spectacles. Je l'aurais mieux défendu qu'elle ne le faisait, car j'étais, au fond, bien d'avis que la comédie n'est pas l'école des mœurs; mais mon projet étant de procurer quelque distraction à ma chère Minette, je fis convenir mon antagoniste qu'il y avait quelques pièces qui méritaient d'être exceptées.

Ce point obtenu, je lui dis que j'avais vu annoncé, par l'affiche des Français, *en attendant Polyeucte;* que j'espérais qu'un martyr de la foi, et une Pauline, le modèle de toutes les vertus, auraient son suffrage.

— Oui ; mais il y aura peut-être pour petite pièce quelque chose d'immoral.

— Alors nous nous en irons.

— J'y consens, puisque vous êtes comme les enfants à qui il faut tout céder.

Il fut donc arrêté que je viendrais les prévenir, au moins la veille, et que nous irions tous trois.

Je pris congé des deux sœurs, non sans avoir trouvé moyen de donner à celle que j'aimais un petit billet qui la prévenait qu'elle serait attendue, le dimanche suivant, depuis neuf heures du matin jusqu'à deux heures, dans la maison dont je lui donnais l'adresse.

CHAPITRE XXXVII.

Rentré au logis, mon père, à qui M. Desglands avait été faire ses adieux, me dit :

— Tu viens, Églai, de faire une grande perte, et tu m'en vois affligé encore plus pour toi que pour moi.

Je lui fis part de tout ce que cet ami généreux avait fait en ma faveur pour le suppléer en son absence, et aussi de tous les soins dont il m'avait chargé.

Mon père me recommanda de m'en acquitter comme d'un acte religieux, et ajouta :

— Il m'a fait entrevoir que quelque chose se préparait pour ma pupille, et que ce serait toi qui m'en préviendrais ?

— Cela, lui répondis-je, n'est pas encore à son point de maturité; je ne crois pas cependant que cela puisse tarder.

— Je le souhaite.

Et il passa dans la salle à manger.

Ce souhait fut prononcé en me regardant fixement, et me confirma que la pupille était si bien gravée dans le cœur de son tuteur, qu'il n'avait pas perdu les craintes qu'elle lui inspirait.

On croira facilement que, retiré à ma chambre, je ne m'avisai point de dormir. Je pris le costume de la circonstance, et après avoir attendu en lisant que minuit fût sonné, je m'esquivai sans bruit, et arrivai une demi-heure après dans la chambre de Louise, que je trouvai aussi éveillée que moi.

J'étais curieux d'apprendre ce qu'elle pouvait avoir à me dire. Elle ne me donna pas la peine de le lui demander; mais je n'eus pas plutôt entendu de nouvelles offres de la soustraire aux recherches du duc, que je lui répondis que je croyais qu'elle serait fidèle à la convention que nous avions faite, de ne plus revenir sur cet objet, et qu'à présent que les avantages qui étaient offerts se présentaient sous une forme qui lui assurait à la fois une fortune et un rang dans le monde, je me permettrais moins que jamais de mettre le moindre obstacle à un plan que ses meilleurs amis n'oseraient entreprendre de contrarier; mais que si, pour nous venger de notre persécuteur, elle voulait que j'assurasse mes droits à sa tendresse, de manière à ce que personne n'en pût prendre d'aussi chers, elle ne me laisserait rien à désirer.

— J'allais te le proposer, me dit cette chère amie. Quels que puissent être les événements; dussent-ils changer et m'exposer à tous les risques de l'imprudence; il n'en est aucun que je ne veuille courir pour te prouver mon amour.

Après un si charmant aveu, je ne tardai pas à être en possession de tous les droits d'un mari. Mais l'amour n'en devint que plus vif: loin de m'endormir au sein du bonheur, le jour nous surprit dans les bras l'un de l'autre, et vint éclairer les plus délicieuses jouissances. Le plaisir de tromper un séducteur, et de lui enlever jusqu'à l'espoir d'acquérir des droits précieux sur ma chère Louise animait mes caresses, et leur prêtait un nouveau charme; mais quelle que fût notre ardeur pour la vengeance, il était décidé que ni moi ni aucun autre ne la rendrait mère; la nature qui l'avait toute formée pour le plaisir, avait voulu lui en ôter les épines.

Nous nous endormîmes enfin, et je ne m'éveillai qu'à neuf heures, reposant sur le plus beau sein du monde; il eut mon hommage, et réveilla mes désirs; mais ma charmante maîtresse s'y refusa absolument, craignant d'être surprise par madame Desglands, ou par sa femme de chambre. Je me rhabillai à la hâte, et sortis avec les précautions ordinaires.

CHAPITRE XXXVIII.

Ma première course fut à mon appartement de la rue des Deux-Portes. Il y avait trois jours que je n'y avais paru, et je voulais en faire un petit temple pour y recevoir le lendemain ma douce Minette.

La bonne gouvernante ne manqua pas, à mon arrivée, de me dire qu'elle était inquiète d'avoir été si longtemps sans me voir. Je lui dis que, grâces au ciel, j'avais tant d'occupations que je ne pouvais suffire à tout; mais qu'il ne fallait pas s'en plaindre. En même temps je versai, dans un tiroir de secrétaire, quelques poignées d'écus que je fis sonner à dessein. J'en donnai plusieurs à cette bonne, pour satisfaire à toutes mes commissions, au moyen de quoi j'étais sûr d'avoir, indépendamment du café, des fleurs, des fruits, des liqueurs, de jolis vases, et tous les petits ustensiles agréables ou utiles que je voulais ajouter à mon habitation.

Je me chargeai d'y rapporter moi-même quelques gravures voluptueuses, un recueil dans le même genre placé sur la commode comme par hasard, des parfums, enfin tout ce qui pouvait animer les sens et étourdir les scrupules.

Quoi! me dira-t-on, vous n'êtes pas content, M. Églai, d'être déjà assez perverti pour avoir fait deux infidélités, que l'âge et l'occasion pouvaient excuser! vous méditez, en sortant des bras d'une maîtresse charmante, qui sacrifie tout à sa tendresse pour vous, de la tromper, de vous complaire dans votre perfidie, et d'en assurer la durée!

Oui: mon cœur semblait trouver là compensation des maux que me faisait souffrir la fatale nécessité de partager avec le duc, et, je l'avoue aussi, mon penchant pour Minette. J'étais entraîné vers elle; je ne la connaissais pas encore; je n'en avais joui qu'à la dérobée, et je me faisais de sa possession une idée délicieuse, que l'expérience n'a pas démentie.

Il ne survint rien de nouveau chez madame Desglands.

— Reprenez, mes enfants, nous dit-elle vers le soir, vos exercices ordinaires; je vais sortir pour faire une visite : si quelqu'un venait, on répondra qu'il n'y a personne.

Nous passâmes le temps à faire des projets pour l'avenir; nous en réalisâmes quelques-uns pour ne pas laisser échapper le présent, et nous convînmes que je n'irais la voir que lundi matin, les devoirs du dimanche l'obligeant à sortir de bonne heure avec madame Desglands. Cet arrangement, qui me laissait tout entier à mes nouveaux engagements, me convenait à merveille.

Ce dimanche si désiré arriva enfin. Avant neuf heures j'étais établi dans mon ménage de la rue des Deux-Portes. Minette n'y arriva qu'à dix heures; elle était toute tremblante; je fus au-devant d'elle, et la soutins jusqu'au siège que je lui avais préparé.

— Quelle démarche vous me faites faire, M. Églai! si j'avais tremblé en sortant, comme je fais en rentrant ici, je n'y serais pas venue.

— Qui peut vous agiter ainsi, chère Minette? est-ce que mademoiselle votre sœur n'est pas sortie?

— Au contraire, elle ne doit revenir qu'à trois

heures; mais il semblait que tout le monde me regardait, et lisait sur ma figure où j'allais.

— Ce sont des terreurs de l'imagination. Il n'y a point de sorciers, mais ceux qui vous regardaient voyaient que vous méritez des hommages que votre modestie refuse.

— Oui, cajolez-moi, je n'en saurai pas moins que j'ai tort!

— Vous regrettez donc d'avoir fait quelque chose pour moi?

— Non, à présent que je suis arrivée.

— Nous allons déjeuner?

— Oui : cela achèvera de me rassurer.

La bonne apporta le café, et tout ce que je lui avais recommandé.

Pendant que nous déjeunions, je remarquai avec plaisir que ma Minette avait déjà dans sa parure quelques objets nouveaux et frais; mon cœur s'en applaudissait, et jouissait par avance de tout ce que j'imaginais pouvoir par la suite ajouter à ses charmes.

Après qu'elle eut pris son café, elle jeta les yeux sur mon réduit, qu'elle trouva charmant, et me remercia d'avoir pris cette retraite à son intention, non sans me montrer quelque inquiétude qu'il pût être découvert, ou qu'il fût à mon âge un fardeau au-dessus de mes moyens. Après lui avoir prouvé que, sous l'un ou l'autre rapport, elle pouvait être dans une parfaite sécurité, elle se livra au plaisir de l'examiner : chaque meuble eût son éloge, excepté l'alcôve et le lit, devant lesquels elle passa sans en parler.

Charmante pudeur ! douces terreurs de la conscience ! combien vous ajoutez au plaisir. Ah ! celui-là ne l'a pas connu, qui n'a pas eu une maîtresse timide, et combattue par ses remords !

Je jouissais de ses émotions, de ses combats, et je me proposais bien de me servir des unes pour vaincre les autres.

Je l'arrêtai devant un groupe des Grâces, en lui disant qu'elle leur ferait honte si on pouvait la voir dans la même parure.

— Y pensez-vous ? elles n'en ont aucune.

— Il me semble que voilà un ruban qui relève les cheveux, et en retient quelques tresses ; laissez-vous coiffer comme cela ?

— Qui me coifferait, je vous prie ?

— Moi.

— Vous ! ce serait, je crois, un beau désordre ?

— Non, je vous assure, je dessine et je peins ; il faut bien que je sache arranger un modèle.

Elle se laissa persuader ; l'amour conduisait mes mains ; je réussis, et, en se regardant, je vis ses yeux briller de cette joie que donne le plaisir d'être belle, et applaudir à mes succès.

Je lui fis remarquer que les cheveux qui tombaient sur son cou perdaient de leur effet par son fichu ; qu'il faudrait que cette partie fût dégagée pour rivaliser avec les Grâces. Je ne parvins qu'avec peine à lui faire céder un point si essentiel, cependant je l'obtins; mais une robe presque fermée faisait une espèce de restriction à la grâce obtenue; je querellai, et l'accusai de mauvaise foi, en faisant acheter ce qui n'était que la moitié de ce que je croyais obtenir.

J'avais à cœur de faire quitter cette robe, non seulement pour découvrir ses charmes, mais pour que rien ne la gênât.

— Comment, dit-elle, voulez-vous que je reste sans robe? je n'ai pas de corset, c'est la robe qui en fait l'office; j'aurais honte d'être presque nue!...

— Ce n'est pas le froid que vous craignez dans cette saison; ce ne peut être la crainte d'être admirée; voudriez-vous me laisser croire que vous avez quelques défauts?

Cette ruse aussi vieille que le monde réussit toujours.

— Il faut vous céder, dit-elle; mais je remettrai mon fichu aussitôt que vous aurez fait votre belle épreuve?

La robe fut donc ôtée; je tenais le fichu que j'avais, par mon silence, consenti de remettre; mais auparavant je la conduisis devant une glace, où je la priai de voir si l'effet n'était pas complet. J'étais derrière elle, sûr de pouvoir la fixer un moment; je découvris deux touffes de lis qui n'avaient nul besoin de corset : la pudeur vint les colorer; elle voulut s'échapper de mes bras ; alors je l'enlevai, et la portai sur le meuble qu'elle avait traité si indifféremment, et, malgré sa résistance, j'y obtins le pardon de ma témérité.

On ne pouvait avancer plus difficilement avec ce caractère timide, qui disputait le terrain pied à pied, et reprenait ce qu'il avait cédé un instant avant. Ne voulant pas que cette pause tournât contre moi, je fus le premier à remettre le fichu, et à lui proposer un verre de liqueur.

— Je n'en bois jamais!

— Moi, je les aime un peu; me refuseriez-vous de m'en verser?

— Non, sûrement!

— Ce n'est pas comme cela.

— Comment donc?

— Prenez-en un peu de cette manière, que vous me verserez ensuite.

— Quelle folie!

— C'est ainsi que je l'aime!

— Vous en avez donc déjà fait l'épreuve?

— Jamais, c'est pour cela que j'imagine qu'elle doit être délicieuse; d'ailleurs, si j'étais seul à en prendre, l'odeur pourrait vous en être désagréable, ce qui n'arrivera pas puisque vous en aurez le goût, sans courir le risque de vous incommoder.

— Sera-ce votre dernière imagination?

— Oui, je vous le promets.

Elle s'y prêta, et y prit goût. L'égalité dans les complaisances de l'amour exigeait qu'elle bût de même; je n'eus pas la peine de l'en prier. Ainsi, nouveau Pygmalion, parvenu à animer le marbre, je n'eus plus de difficultés à combattre.

Je l'assis sur mes genoux, et je la dégageai du voile importun qui gênait mes regards avides de la contempler. Il s'arrêta dans un point que je n'entrepris pas de découvrir; mais je vis des formes dignes du ciseau de Phidias. Ravi par ce spectacle enchanteur, je la serrai dans mes bras, et la reportai sur le théâtre de mes plaisirs, où, dans une ivresse prolongée, elle partagea mon bonheur!

Combien, lorsqu'elle était revenue de ces instants d'égarements, j'éprouvais de reproches et de caresses! Caresses charmantes, que je n'ai jamais pu comparer à d'autres, vous aviez le caractère de la pudeur et l'expression de la tendresse!

Pourquoi faut-il que des instants si délicieux n'occupent que de courts intervalles! Déjà la douzième heure avait retenti à nos oreilles, et nous avait fait apercevoir de la rapidité de celles que nous venions de passer ensemble : ma timide maîtresse voulut absolument retourner chez elle pour prévenir tout inconvénient, et me promit en dédommagement de me faire avertir des jours où je pourrais la trouver seule.

Je passai le reste de la journée chez madame Desglands, et le lendemain vers midi, je crus que la bienséance exigeait que je rendisse à monsieur et madame Schmit la visite qu'ils m'avaient faite la veille, en se faisant écrire chez le portier de la maison où je demeurais avec mon père.

Je trouvai la dame établie dans son magasin, brillante comme la déesse de la fortune. Elle me fit des reproches de ne l'avoir pas vue depuis son mariage ; que je ne méritais pas la résistance qu'elle avait opposée aux empressements de son mari, pour me réserver encore un bien que j'estimais si peu.

Je ne pouvais me livrer aux embarras d'une triple intrigue. Elle ne m'avait rien inspiré qui pût surmonter l'aversion que j'avais pour le partage. Je m'empressai donc de lui répondre sans déguisement, qu'en effet je ne méritais pas qu'elle m'eût fait le sacrifice de son devoir, parce qu'il entrait dans mes principes de ne pas le lui faire violer : que tout ce qui avait précédé son mariage avait son excuse dans la liberté qu'elle avait de disposer d'elle ; liberté dont elle était privée par ses engagements.

— Voilà une singulière délicatesse ! Vous me trompiez donc en me jurant de m'aimer malgré mon mariage ?

— Non, je n'ai pas cessé de vous aimer; mais je ne veux pas vous aider à vous perdre par une liaison que vous finiriez, quelque jour, par me reprocher. Et je dois vous prévenir que vous vous exposez à des soupçons qui troubleraient la paix avec votre mari, si vous différiez plus longtemps ce qui...

— Ce que je ne différerai pas, c'est de vous dire que vous êtes le plus fourbe des hommes. Pourquoi ne m'avez-vous pas dit tout cela avant mon mariage? jamais je ne l'aurais conclu, et j'aurais vécu heureuse avec vous!

Il fallait, pour lui résister, tous les motifs particuliers que j'avais. La colère et le dépit la rendaient charmante; ses reproches, plus modérés que je ne m'y attendais, étaient obligeants.

— Voilà justement ce que j'ai voulu éviter lui répondis-je; vous auriez sacrifié votre fortune et votre réputation; je devais donc garder le silence.

— Vous êtes un monstre, et je m'en vengerai; soyez-en sûr!

En ce moment, il entra deux dames qui venaient de descendre de voiture. C'était pour moi une occasion favorable de me retirer; et j'en profitai, n'ayant d'ailleurs nulle inquiétude des menaces de cette nouvelle Armide.

CHAPITRE XXXIX.

En arrivant chez Mme Desglands, on m'introduisit tout de suite auprès d'elle. A la vivacité avec laquelle elle parlait à Louise, on pouvait juger d'avance qu'il était survenu quelque chose de nouveau. C'était une visite du duc de Mesle, qui était venu lui annoncer que le chevalier d'Ervieux, frappé des grâces et de la beauté de Louise et de ses manières, avait conçu, de lui-même, le désir de pouvoir se retrouver avec une femme aussi charmante, à son retour de l'île Bourbon; et que, si le sort en disposait autrement, ce serait pour lui une grande satisfaction de lui assurer sa fortune.

— De manière, a-t-il ajouté, que, pour supprimer des détails ennuyeux ou superflus, je viens, madame, comme interprète de ses sentiments et de ses intentions, vous demander, pour lui, votre belle orpheline; et si vous agréez sa demande, vous remettre, comme préliminaires, cet écrin, qu'il supplie mademoiselle de vouloir bien agréer.

Que, sur cette déclaration positive, Louise avait été appelée pour lui en donner connaissance, et avoir son consentement. Qu'elle avait répondu, qu'elle était disposée à se soumettre à tout ce que madame Desglands voudrait bien approuver.

Qu'en conséquence, le duc ayant demandé jour pour dresser les articles du contrat, madame Desglands lui avait répondu que cet objet regardait le tuteur de Louise, dont le consentement était aussi indispensable que le sien; qu'elle lui avait dit que c'était mon père, dont elle lui avait indiqué la demeure : sur quoi M. le duc avait annoncé que lui et M. d'Ervieux le verraient le lendemain, sans faute.

Quoique nous dussions tous nous attendre à cette activité, nous avions un air de consternation, qui finit par faire dire, en riant, à madame Desglands :

— Ne dirait-on pas qu'il nous arrive quelque malheur? l'idée seule d'un mariage ordinairement fait rire, et nous sommes tristes comme si nous allions nous séparer! j'espère cependant qu'il n'en sera rien, et que madame d'Ervieux n'oubliera pas ses anciens amis.

— Ah! ma chère maman, répondit Louise en courant l'embrasser, appelez-moi toujours votre fille; ce nom est le seul que j'ambitionne, et vous êtes bien sûre que je n'en accepterais aucun autre, s'il ne dépendait que de moi.

— Oui, mon enfant! mais il faut céder à la nécessité, sans pour cela se laisser abattre, et faire de bonne grâce ce qu'elle exige de nous; c'est le moyen de se rendre supérieure aux événements, et de les tourner à son avantage en profitant des conseils qu'elle lui donnerait, pour que le duc fût la dupe de toutes ses ruses.

Ensuite, s'adressant à moi, elle me recommanda de ne pas manquer de prévenir mon père de la visite de M. de Mesle, afin qu'il sût à quoi s'en tenir; qu'elle s'en rapportait à moi sur ce qu'il serait nécessaire de lui dire; que, sur le surplus, elle se fiait entièrement à ses soins, et qu'il était inutile qu'il prît la peine de venir lui parler, à moins qu'il n'y eût quelque circonstance qui l'exigeât.

Le soir en rentrant je prévins mon père qu'un M. d'Ervieux, protégé du duc de Mesle, avait demandé en mariage mademoiselle Louise Chablis ; que ce mariage, sans être du choix de monsieur ni de madame Desglands, paraissait trop avantageux pour pouvoir être refusé, surtout étant proposé par un seigneur dont les désirs paraissaient des ordres, et que sûrement il allait être visité comme tuteur et sollicité de donner son consentement et ses soins à la conclusion de ce mariage; que madame Desglands le priait d'agir comme père et comme tuteur, remettant le tout à ses lumières et à son zèle pour les intérêts de sa pupille.

Le cher tuteur ne se donna pas la peine de déguiser la joie que lui causait cette nouvelle : il s'égaya à mes dépens sur les fonctions de premier garçon de la noce, dont sûrement j'allais être chargé et semblait me dire : « Actuellement je suis sans crainte, tu peux profiter des circonstances, je n'en crains pas les suites. » Hommes sages, quelque sages que vous soyez, l'intérêt personnel est la mesure de vos actions et de vos jugements.

Je profitai, dès le lendemain matin, du consentement tacite que venait de me donner mon père, en me rendant de bonne heure auprès de ma chère Louise.

CHAPITRE XL.

Je passerai rapidement sur les derniers jours où je pus encore jouir dans ses bras d'un bonheur pur, et plus rapidement encore sur les circonstances de son mariage.

Le contrat fut précédé de deux actes, par lesquels mademoiselle Chablis, sous l'autorité de son tuteur, se trouvait acquéreur d'une terre de dix mille livres de produit net, et d'un petit hôtel, faubourg Saint-Germain. Par le contrat, ces deux propriétés, le mobilier de l'hôtel, les diamants, les autres revenus qu'elle avait déjà, soit de ses père et mère, soit de la générosité de M. Desglands, furent reconnus venant d'elle et lui appartenant : la séparation de biens fut expressément stipulée, et un douaire de quinze cents livres de rentes à prendre sur tous les biens du chevalier d'Ervieux. Cet article était le moins liquide; car les créanciers du chevalier ne laissaient pas le moindre espoir qu'il pût jamais être réalisé.

Mon père, à qui aucune de ces précautions n'échappa, me dit que M. le duc empiétait sur ses droits de tuteur; qu'il avait pourvu aussi bien qu'il l'aurait fait à tous les avantages de sa pupille, et que, sous un autre aspect, son activité et ses soins le feraient prendre pour le mari; que M. d'Ervieux n'en était que l'ombre, et par son personnel et par le peu d'autorité qu'il se trouvait sur les biens de sa femme.

J'étais très curieux de voir ce mari. J'en eus enfin l'occasion le jour de la signature du contrat : je vis un homme maigre, exténué, mais dont la charpente encore belle, la physionomie distinguée, les yeux spirituels, et les manières douces et prévenantes, faisaient regretter de le voir presque éteint avant d'être parvenu au milieu de sa carrière. Il me serait impossible de rappeler tout ce qu'il sut dire d'obligeant à chacun de nous; je n'ai jamais connu personne qui eût plus que lui le talent de prévenir toutes les préventions de l'amour-propre. Mais ce qui me surprit davantage, ce fut le ton d'aisance qu'il avait avec le duc. Il n'eut point avec lui la contenance d'un protégé, encore moins l'air humilié de l'homme payé pour se prêter à une infamie. Il joua son rôle en acteur exercé; et je ne pus voir qu'avec peine, que les passions pussent conduire à un tel degré de dépravation, et que les talents et le mérite ne fussent qu'un masque qui pouvait faire supposer l'existence de toutes les vertus.

Cette leçon me servit singulièrement, mais pas assez pour me tenir en garde contre d'autres apparences non moins séduisantes et aussi dangereuses.

Le mariage fut contracté le lendemain. En sortant de l'église on vint déjeuner chez madame Desglands, et de suite on se rendit à la nouvelle demeure de madame d'Ervieux, chez laquelle se préparait le dîner. En arrivant dans cette demeure, plus élégante que vaste, M. d'Ervieux présenta à son épouse les domestiques qu'il avait arrêtés pour elle. Tous, sans en excepter la femme de chambre, avaient un ait si sûr de lui convenir, qu'ils lui déplurent également. Aussi les reçut-elle de manière à leur donner quelques doutes sur leur mérite, et sur la durée de leurs services.

J'aurais souhaité pouvoir m'éloigner de cette maison, et me dispenser d'y rester à dîner; mais il n'y avait pas moyen, j'étais l'écuyer de madame Desglands, mon père était du nombre des convives, et je me trouvais enchaîné par toutes les considérations.

Madame d'Ervieux eut avec moi les mêmes manières que lorsqu'elle était encore Louise. Elle prit, tout de suite, le ton qu'elle voulait garder, et me traita même avec une sorte de distinction : ce qu'il y eut de remarquable, c'est que son mari et le duc semblèrent renchérir sur ses attentions.

Quelques virtuoses et quelques gens de lettres, ou soi-disant tels avaient été invités. On fit un petit concert pour remplir le vide d'une journée dont chacun avait ses raisons pour désirer la fin. Quelque soin qu'on eût pris, il fallut en remplir quelques instants par le jeu, en attendant le souper. Pour rendre cet amusement général, on préféra le vingt-un ; madame d'Ervieux, comme faisant les honneurs de la maison, ne put se défendre de tenir la main. Elle eut assez de bonheur pour que le jeu s'animât au point de faire paraître les louis. La main passa, et me vint : excepté mon père, qui constamment ne jouait que son jeton, tout le monde voulait gagner, ou du moins ne pas perdre. J'avais devant moi cinq à six louis; deux vingt-un quintuplèrent mes fonds, et à la fin de la main j'avais plus de cinquante louis. Mon père me regardait et paraissait mécontent; il avait de l'aversion pour le jeu, et craignait, sans doute, que cette petite faveur de la fortune ne m'en inspirât le goût. Cela me détermina à dire :

— Je suis honteux, messieurs, de gagner votre argent; j'espère qu'à un autre tour je vous le rendrai.

Le chevalier d'Ervieux, qui était joueur de profession, m'invita à garder la main. Tout le monde se joignit à lui : un coup d'œil de mon père fixa mon irrésolution. Je continuai, mais avec un bonheur si constant que, lorsqu'on vint annoncer le souper, j'avais gagné plus de deux cents louis. Il fallut finir; le duc, qui faisait la plus grosse perte, me dit :

— Nous nous reverrons, monsieur Eglai, et vous me donnerez ma revanche; mais je perdrai toujours avec plaisir contre un aussi beau joueur que vous.

Le souper fut prolongé assez avant dans la nuit; on s'y égaya même plus que je ne m'y attendais. Madame d'Ervieux disparut avec madame Desglands, qui ne tarda pas à revenir. Le duc, toujours attentif aux convenances, lui donna la main, en nous disant, à mon père et à moi :

— Messieurs, je vais vous remettre chez vous.

Ce qu'il fit après que nous eûmes laissé madame Desglands chez elle.

Mon père ne me laissa pas le quitter sans me faire quelques réflexions sur le jeu. Je lui dis que les événements m'avaient entraîné malgré moi, et qu'ils ne m'inspireraient jamais une passion que je trouvais comme lui extrêmement dangereuse; que, d'ailleurs, je le priais de garder ce que je venais de gagner, et d'en disposer comme il jugerait à propos.

— Non, me dit-il, j'ai remarqué que tu faisais bon usage de ton argent; je crois même que tu n'es pas enclin à la dissipation : ainsi, je veux que tu apprennes à le gouverner. D'ailleurs, j'ai aussi gagné aujourd'hui, mais d'une autre manière que toi; voilà mon gain.

Il tira en même temps de sa poche une boîte d'or émaillée, avec un médaillon entouré de diamants; elle me parut si lourde que je l'ouvris; elle contenait cent louis d'or.

— Voilà, ajouta mon père, le présent de noces que m'a fait M. d'Ervieux : mais il manque sous ce verre le portrait de son épouse, je te prie de l'obtenir d'elle.

Le désir de mon père me fit plaisir, et me rappela tant de souvenirs chers et pénibles, que l'émotion me gagna. Je me hâtai de lui répondre qu'il avait plus de titres que moi pour obtenir cette faveur. Je le saluai et me retirai.

Agité de tous les tourments, de toutes les inquiétudes, je passai une bien mauvaise nuit; les heures, jusqu'à celle où je devais me rendre chez madame Desglands me parurent d'une lenteur insupportable. Elle vint enfin; je ne pus me défendre de quelque altération, en ne trouvant plus avec cette dame son aimable compagne.

— Consolez-vous, me dit-elle, nous allons voir notre amie; nous sommes invités à dîner. Elle m'a déjà écrit pour avoir tout de suite la sœur de ma femme de chambre; je la lui ai envoyée, parce qu'elle a renvoyé la sienne. Elle demande aussi que vous y alliez, parce qu'elle a une commission pressante à vous donner : vous reviendrez me chercher vers deux heures.

CHAPITRE XLI.

Je me hâtai de me rendre auprès de madame d'Ervieux, le cœur gros, et fort embarrassé de la contenance que je devais prendre. Je fus introduit tout de suite.

— Viens, me dit-elle, viens, mon ami, que je te confie mes peines ; ce n'est qu'à toi que je peux les raconter !

Je m'étais flattée, mon ami, de prendre quelque empire sur l'esprit de M. d'Ervieux, et de profiter du caractère d'épouse pour rappeler dans son cœur quelque sentiment de ce qu'il se devait. J'avais là-dessus bâti un projet, d'après lequel j'espérais échapper au duc et me conserver à toi, dussé-je être obligée de m'éloigner. Les lâches ont failli tromper toutes mes espérances! Après que madame Desglands m'eut quittée, mon officieuse femme de chambre est venue me déshabiller, et me prévenir que M. d'Ervieux ne pouvant encore passer près de moi, me priait de ne pas me gêner. Cette prière étant accompagnée d'un sourire qu'elle croyait fin, ne fit que m'inspirer de la défiance, et au lieu de me mettre au lit, je pris un déshabillé, et me mis dans une bergère, après l'avoir congédiée, résolue d'attendre M. d'Ervieux, sans me coucher.

Il n'y a pas de doute qu'on avait employé quelque moyen pour me provoquer au sommeil; car je m'y sentais entraînée malgré moi; je ne suis parvenue à le vaincre qu'en respirant des sels et en me tenant à l'air d'une croisée, dans un cabinet de toilette. J'y étais lorsqu'au lieu de M. d'Ervieux, j'ai entendu la voix du duc, que mon obligeante femme de chambre introduisait mystérieusement. Je ne te peindrais que faiblement mon indignation de me voir si lâchement trompée et livrée à un homme assez peu délicat pour ne devoir son triomphe qu'à une ruse abominable. Je me suis montrée tout à coup, et malgré leur audace, ces deux coupables ont été déconcertés. Sans m'amuser à perdre le temps en paroles, j'ai sonné avec violence; à mesure qu'il venait un domestique, je continuai, et lorsque je les ai crus réunis, j'ai, devant eux, invité le duc à s'éloigner. Il m'a supplié de l'écouter; je n'y ai consenti que sous condition que tous mes gens resteraient présents. Il n'y a pas de raison que le duc n'ait employée pour m'apaiser; la meilleure, sans doute, était d'éviter une scène scandaleuse qui ne réparerait rien; mais plus il paraissait la craindre, plus j'ai mis de soin à lui faire croire que j'y étais résolue, non en menaçant tous les domestiques d'être renvoyés, parce que je sentais bien qu'ils lui étaient dévoués, mais en leur disant que le premier qui s'éloignerait serait arrêté le lendemain. Le duc a voulu traiter de bagatelle la surprise qu'il m'avait faite, en s'introduisant dans ma chambre :

— Ce moyen, disait-il, loin de déplaire aux femmes, leur évite tous les embarras de la résistance.

— Cela se peut, lui répondis-je, pour les femmes qui feignent de dormir; mais non pour celles dont on a voulu forcer le sommeil.

Il a fait tout ce qu'il a pu pour se justifier, sans y parvenir. Plus embarrassé de mon silence que de mes reproches, il m'a dit que, chargé de me remettre une lettre de mon mari, et d'être auprès de moi l'interprète du regret qu'il avait de partir sans me voir, il n'avait pas pensé que je lui supposerais aucune intention qui pût me désobliger, et qu'il ne croirait jamais être coupable d'avoir recherché le bonheur par une ruse innocente.

— Le bonheur ! lui dis-je avec indignation ; il faut être bien peu délicat pour le trouver dans de semblables actions.

Il s'est jeté à mes genoux, m'a demandé pardon dans les termes les plus humbles, espérant, disait-il, l'obtenir de son respect et de sa persévérance ; que son devoir l'appelant à la cour pour trois jours, il espérait me retrouver à son retour dans des dispositions plus favorables.

Voilà, mon ami, comment cet homme croit réussir auprès de moi ; il s'est éloigné après cette excuse, à travers laquelle on lisait sa joie et son assurance. S'il a celle de me conduire à l'aimer, il faut convenir que la confiance et la présomption lui tiendront lieu d'un sentiment qu'il n'obtiendra jamais.

Aussitôt que le bruit de sa voiture m'eut assurée qu'il était parti, je me suis empressée de lire ce que pouvait m'écrire son vil complice ; voici cette lettre :

« Il ne faut qu'un simple retour sur vous-même, madame, pour que vous conceviez tout le regret d'un malheureux qui vous obtient sans vous posséder ; l'état désastreux de ma santé, en me privant de ce bonheur, me mettrait au désespoir, si je n'avais l'espérance de la rétablir et de venir à vos pieds demander grâce pour l'époux, ou plutôt pour l'amant, qui ne désire l'existence que pour vous la consacrer. Forcé de partir, je laisse au duc de Mesle le soin de me rappeler à votre souvenir; cet ami délicat et sensible m'a promis de veiller à vos intérêts, et d'être, en mon absence, votre appui; je vous prie de lui accorder votre confiance, et de partager la reconnaissance que je lui dois. Adieu, madame; songez quelquefois à l'infortuné d'Ervieux. »

« *P. S.* J'ai partagé avec vous ce qui me restait en or; vous le trouverez sur votre toilette, et M. de Mesle vous remettra d'autres fonds qu'il a bien voulu se charger de recevoir en mon absence. »

Cette lettre, en me confirmant la bassesse de d'Ervieux, ne me laisse pour dédommagement que la certitude des soins que prend le duc de m'épargner la honte de rien recevoir de lui; c'est le seul point où il mette quelque ménagement; mais quand il m'offrirait sa main et son rang, je n'aurai jamais pour lui qu'une aversion dont je l'assurerai sans cesse.

— Je crois, ma chère amie, lui dis-je, que ce serait le moyen le moins propre à le détacher de toi; accoutumé à ne trouver que des femmes faciles, cette résistance le piquerait; elle serait pour lui un spectacle nouveau qui intéresserait sa vanité. Qui sait même si, poussée trop loin, elle ne deviendrait pas dangereuse? Je crois que c'est tout un autre plan qu'il faut suivre et que l'expérience t'y déterminera.

Je lui témoignai ensuite ma reconnaissance de tout ce que son amour pour moi l'avait portée à entreprendre; mais je m'étais borné aux expressions les plus vives : elle me tendit ses beaux bras, je ne vis plus que la bonne et sensible Louise, et j'oubliai qu'elle était devenue l'épouse d'un autre.

J'allais retourner chez madame Desglands; mais madame d'Ervieux m'arrêta pour me dire qu'avant mon départ elle voulait terminer une ou deux affaires.

— J'ai déjà renvoyé ce matin la femme de chambre, ajouta-t-elle; j'ai commencé par cet acte d'autorité à montrer que je n'entends pas être entourée de gens à la dévotion de M. le duc. Ce matin j'ai fait venir cette femme, et après avoir su d'elle qu'elle avait été recommandée par M. de Mesle à M. d'Ervieux, je l'ai questionnée sur ce qu'elle pouvait savoir des autres domestiques, et j'ai appris qu'à l'exception du vieux portier, qui semble être un meuble de cette maison, tous les autres avaient eu le même protecteur. Après le départ de la femme de chambre, j'ai fait venir ce portier, qui me paraît un honnête homme; je lui ai demandé de me trouver de suite un domestique dont il pût me répondre; il m'a assuré que dans un quart d'heure il m'en amènerait un : il doit être venu depuis longtemps; je vais le recevoir et renvoyer l'autre en ta présence.

Ce qu'elle fit avec une assurance qui en aurait imposé au plus résolu. Il en restait encore trois autres, en comptant le cocher; leur maintien, depuis ce moment, devint moins assuré, et ils ne purent douter que leur zèle pour le duc ne les préserverait pas d'être renvoyés.

Il était temps que je retournasse chercher madame Desglands; nous nous retrouvâmes tous trois aussi seuls que nous l'avions été, et nous passâmes une journée si agréable, qu'aucun de nous ne songea ni au spectacle ni aux promenades. Ce qui ajouta beaucoup à notre satisfaction, fut une lettre que madame Desglands avait reçue de son fils. Cette lettre, datée de Lyon, renfermait les témoignages du plus vif intérêt pour chacun de nous, et nous prévenait qu'il nous écrirait de Toulon avant de s'embarquer.

Les deux dames devant avoir le désir de s'entretenir en particulier, j'avais eu l'attention de passer au jardin qui, quoique petit, était agréable et bien soigné. J'eus lieu le lendemain de m'en applaudir en apprenant de madame d'Ervieux que l'avis de madame Desglands était aussi de ne pas trop montrer d'aversion au duc; que la marche à suivre pour se donner le temps de réfléchir et de se faire un plan de conduite était de se dire indisposée; qu'elle lui enverrait son médecin, avec qui elle paraîtrait malade quand elle voudrait et tant qu'elle voudrait.

La plus honnête des femmes naît sans doute avec une dose de perversité dans le cœur; quoi qu'il en soit, elle arrêta avec sa chère orpheline qu'elle ne la quitterait point; qu'elle serait un perpétuel obstacle aux prétentions du duc; mais que, puisqu'il l'avait assez respectée pour qu'elle n'eût pas à rougir de ses bienfaits, puisqu'elle se trouvait avec un état dans le monde, elle devait se prévaloir du titre d'épouse pour le conduire comme elle voudrait, et profiter des circonstances pour assurer sa fortune; que les mille louis qu'elle avait trouvés sur sa toilette, laissés par M. d'Ervieux, et ce qu'il disait dans sa lettre des fonds qui devaient lui être remis, n'étaient qu'un moyen honnête que le duc s'était ménagé pour l'enrichir; qu'elle aurait le plus grand tort de n'en pas profiter.

Les événements justifièrent les sages observations de madame Desglands; mais pour ne pas en intervertir l'ordre, je dois rendre compte de ceux qui les ont précédés.

CHAPITRE XLII.

Madame d'Ervieux, pour mieux persuader de son indisposition, ayant pris le parti de n'être visible que pour madame Desglands, je me trouvais libre pour quelques jours; je résolus de les consacrer à ma chère Minette. Je consultai les bulletins des spectacles, et trouvant affiché, pour le même jour, *Polyeucte* et le *Consentement forcé*, c'était un motif de me rendre chez elle, et de rappeler à la sœur aînée la promesse qu'elle avait faite d'y venir. J'y arrivai avant midi, et au lieu d'y trouver l'union et la gaieté ordinaire, je fus surpris de leur trouver un air froid et contraint.

Après les premières civilités et le sujet de ma visite exposé, l'aînée me dit :

— Vous vous attendiez sûrement, monsieur, à voir votre proposition accueillie avec plaisir ; mais depuis que vous avez remis à ma sœur la part du gain qu'elle a fait avec vous, nous sommes brouillées ensemble : ainsi, ce qui ordinairement devient un sujet de satisfaction, est devenu pour nous une occasion de querelle ; je vous avoue que j'en suis affectée à un point inexprimable et que je serais charmée que vous voulussiez être notre juge.

— Je vous rends grâce, mademoiselle, de vouloir bien vous en rapporter à moi ; l'union entre vous me paraît si indispensable, que je mettrai tous mes soins à vous concilier, si mademoiselle votre sœur veut m'agréer pour arbitre.

— Sûrement, monsieur. Le fond de notre querelle porte sur ce que j'ai voulu employer cent écus à me procurer quelques vêtements agréables dont je suis privée depuis que j'existe, et que je n'ai réservé que quatre mille livres pour ajouter au petit commerce que nous pouvons faire ensemble : voilà le tort immense que me reproche ma sœur.

— Oui, c'est le tort que je vous reproche ; nous ne sommes pas riches, le travail peut manquer; on ne saurait se ménager trop de ressources pour l'avenir, et trois cents francs en marchandises valent mieux que d'être dépensés.

— Il me semble, ma sœur, que l'on ne peut me reprocher la dépense que j'ai faite jusqu'à présent; je ne vous ai demandé aucun compte de ce que nous ont laissé nos parents; j'y ai joint mon travail, qui vaut aussi son prix; je me suis bornée à l'étroit nécessaire; je crois donc pouvoir sans crime disposer d'une partie de ce que le sort m'a procuré.

— En vérité, ma sœur, voilà un reproche bien dur; tout ce que j'épargne n'est-il pas pour vous? je n'ai pas d'autre héritière, et vous le retrouverez après moi. Je suis âgée, je crains de perdre la vue et de rester à votre charge; mon économie est donc bien légitime, et il m'est dur de voir d'avance que je suis déjà pour vous un censeur importun.

En terminant cette défense, la pauvre Harelle se mit à pleurer; les larmes ne lui allaient pas, mais elles ne pouvaient que nuire à ses yeux, fatigués et habituellement rouges : cela me fit peine. La bonne Minette n'avait pas attendu que j'eusse montré ce mouvement de compassion pour aller caresser sa sœur, et l'apaiser par les témoignages les plus touchants de son affection. Le moment de prononcer était favorable; monsieur le juge prit la parole.

— Le procès me paraît, mesdemoiselles, suffisamment instruit; j'espère que vous pardonnerez la franchise de mon jugement. D'abord, il me semble excusable qu'une jeune personne comme mademoiselle Minette ait le désir et la liberté de jouir du fruit de son travail et d'une portion de ce qui lui appartient; car Dieu même, en ne nous accordant la récompense de la vertu qu'après cette vie, nous permet de jouir, en attendant, de tous les biens de la nature.

Après cet exorde, qui était dans le genre de la dévote Harelle, j'ajoutai que, quant aux quatre mille livres, j'étais du sentiment de les employer utilement; que j'y avais songé, et que j'avais eu l'intention d'en proposer le placement; mais qu'une rente médiocre de deux cents francs me paraissait trop au-dessous de ce qu'elles pouvaient retirer dans leur commerce; ce qui m'avait inspiré l'idée de les prier d'y joindre mes quatre mille livres, pour que cette petite société pût les mettre à portée de faire de plus grandes affaires.

Cette conclusion fixa l'attention de la bonne Harelle, qui en resta dans une sorte d'étonnement qui m'aurait fait rire, si je ne me fusse rappelé la gravité de mon ministère.

—Trouvez-vous, repris-je, mademoiselle, quelque chose d'inconvenant à ce projet?

— Non, monsieur; mais vous, n'avez-vous pas besoin de cet argent?

— Aucun; j'en avais, avant, plus qu'il ne m'en fallait; j'ai encore depuis, sous les yeux de mon père, gagné, par une circonstance inattendue, plus de deux cents louis; ainsi, je peux disposer de ces quatre mille livres, que personne ne me connaît.

— Mais vous êtes mineur.

— Un mineur peut user de ce qui lui appartient, et je peux le placer aussi bien dans votre commerce que dans tout autre; est-ce qu'il n'est pas avantageux?

— Il l'est beaucoup; il y a même des occasions où l'on peut gagner plus de cinquante pour cent.

— C'est donc pour moi une raison suffisante de le préférer.

— Soit, mais le mystère me déplairait.

— Et à moi la publicité; je ne vois nulle nécessité de le dire; si vous me refusiez, je placerais cet argent pour me ménager le moyen de me procurer quelque agrément sans en rendre aucun compte; or, je ne vous donnerais pas la préférence pour ne pas remplir mes vues.

— A la bonne heure, monsieur; mais nous ferons un écrit.

— Je n'en veux point d'autre que la confiance et la bonne foi; vous êtes deux, vous ne pouvez manquer à la fois; quand il n'y en aura plus qu'une, il sera temps de prendre des précautions, et si c'est moi qui meurs le premier, je veux que vous soyez mes héritières.

— C'est par trop généreux, nos livres conserveront votre propriété.

— Tout comme il vous plaira; quant à moi, voici mes seules conditions : ce serait que vous quittassiez cette maison, qui est mal située, et que vous prissiez un petit magasin.

— Y pensez-vous? un magasin de dentelles exigerait des sommes considérables et une maîtrise qui coûterait douze cents livres. J'ai dans mes connaissances un ressort assez étendu pour faire de belles affaires avec nos moyens; et en entreprenant plus, je m'exposerais à en faire de mauvaises.

— Il faut donc s'y borner, pour essayer; mais je tiens à un autre logement; celui-ci est triste et entouré de gens bien communs.

— J'en conviens; mais l'habitude, l'embarras d'un délogement, et le temps à perdre, m'effrayent.

— Eh bien! il faut vous en rapporter à votre associé : je me charge de ce soin.

— En vérité, vous m'étonnez, monsieur Églai; vous avez déjà l'assurance et la raison d'un homme mûr : il n'y a que votre morale qui est un peu relâchée. Je veux bien être en société, mais pas au point de me damner pour vous plaire : ainsi point de comédie.

— Nous allons quereller; car certainement je ne me damnerai pas tout seul aujourd'hui; j'ai retenu nos places, voilà les billets; vous en serez quitte pour faire pénitence de ce péché.

— Vous êtes un tentateur.

Il fut donc arrêté que je viendrais les prendre à l'issue du dîner.

J'étais enchanté d'avoir trouvé tant de facilité dans la sévère Harelle. Je faisais, à mon tour, le petit duc, et j'éprouvais que la clef d'or ouvre toutes les portes.

Je revins avec mes quatre mille livres, que j'avais eu soin de convertir en or, et les remis à mademoiselle Harelle.

— Quoi! déjà, me dit-elle.

— Pourquoi remettre au lendemain ce que l'on juge utile?

— Je vais vous donner une reconnaissance.

— Le plus pressé est de partir; une voiture nous attend au bout du passage.

Elles étaient prêtes; l'aînée était mise en bourgeoise étoffée, et ne s'était pas épargné la dentelle. Mon aimable Minette, plus élégante, avait une parure simple qui relevait ses charmes sans leur nuire. Je vis avec plaisir que le sujet de discorde était enfin approuvé, et que ma petite amie n'éprouverait plus de contradiction sur un point auquel je tenais autant qu'elle.

Nous arrivâmes peu de temps avant qu'on eût

levé la toile. Minette, tout entière à ce spectacle, en fut si vivement émue, que je dus m'applaudir qu'elle fût à moi; car les éminentes vertus de Pauline eussent sûrement nui à mes succès; il ne lui restait à imiter de cette héroïne que la constance : son cœur y était si naturellement porté, qu'elle ne vit que l'image de ce qu'elle éprouvait.

Quant à la sœur, elle fut édifiée, et je la vis de si bonne humeur, que je crus pouvoir risquer toutes les petites galanteries d'usage. Entre les deux pièces, je sortis, et je remontai avec des oranges, deux boîtes de pastilles et deux bouquets : la dévote reçut le sien avec une aimable grimace, et la jeune avec la franchise de son âge.

Sur ma parole, on resta à la seconde pièce, de laquelle il n'y avait aucuns reproches à craindre; aussi ne reçus-je que des remercîments. Je reconduisis chez elles mes deux associées, avec la certitude de voir seule, le lendemain, la plus jeune.

CHAPITRE XLIII.

J'étais trop empressé de connaître les réflexions qu'aurait pu faire mademoiselle Harelle sur les événements de la veille, pour ne pas être exact à ce rendez-vous ; mais il en était survenu depuis de non moins intéressants.

— Chacune de nous, me dit Minette, s'est occupée de réflexions biendifférentes, les miennes n'avaient d'autre objet que ma tendresse pour vous et ma reconnaissance des preuves touchantes que vous veniez de m'en donner; celles de ma sœur ont été de trouver dans votre association un danger imminent qui me conduirait à vous aimer et me détourner d'un établissement convenable à ma fortune et à ma naissance; que je ne pouvais jamais espérer de me voir votre femme, et qu'il fallait rompre une liaison qui me perdrait.

Lorsque je l'ai vue déterminée à prendre ce parti, et à vous en parler dans ce sens, j'ai pris le mien tout de suite avec une résolution dont je ne me croyais pas capable, et dont je n'ai pu trouver la force que dans mon attachement pour vous.

— Si c'est là ce que vous craignez, ma sœur, lui dis-je, les précautions seraient inutiles à présent.

— Comment! aurais-je le malheur, ma chère amie, d'avoir à pleurer toute ma vie sur ton sort?

— Calmez-vous, ma chère sœur, et écoutez-moi, en grâce, écoutez-moi, et vous verrez que vous n'avez nul sujet de vous affliger. J'aimais déjà M. Églai avant les visites qu'il vient de faire ici, et jamais je n'aurais consenti à prendre pour mari un homme dont les manières eussent été communes, quelque fortune qu'il m'eût offerte; ainsi le mal, si c'en est un, date de loin.

— Comment! tu voulais rester fille?

— Vous l'êtes bien restée, ma sœur ; je ne serai pas plus à plaindre que vous.

— Ah ! mon enfant, c'est bien différent ; je suis si laide, que je n'ai jamais été exposée à aucun danger ; mais toi, au chagrin que tu en ressentiras se joindront tous les risques de la jeunesse et des sentiments que tu dois inspirer.

— J'espère, ma sœur, que j'aurai le bonheur d'en être préservée ; mais je ne renoncerai jamais à voir M. Églai ; vous savez que je vous aime tendrement ; cependant, malgré mon attachement et ma reconnaissance pour vous, je séparerais plutôt mes intérêts des vôtres, que d'éprouver la moindre contrainte dans tout ce qui ne blessera pas les bornes de la décence et de ce que je dois à l'opinion publique.

— Il sait donc que tu l'aimes ?

— Je mentirais si je voulais vous le cacher.

— Et lui ?

— Il m'aime aussi, et n'a rien épargné pour me le faire croire.

— Il t'a donc séduite ? sa générosité n'est donc que le prix de ta faiblesse ?

— Ah ! ma sœur, ne nous avilissez ni l'un ni l'autre. Il voulait me jurer d'être à moi, de me donner un jour le titre d'épouse ; j'ai tout refusé, je n'ai voulu que lui, sans nuire à sa fortune, et sans le détourner de la carrière qu'il doit suivre.

Quant à son argent, il est bien dû au hasard, vous n'en pouvez douter.

— Cela est vrai.

— D'ailleurs, à son âge, on n'a pas une somme aussi considérable à sa disposition; et quant à l'usage qu'il en fait, je n'y trouve rien que de juste, et je crois qu'il eût agi de même sans m'aimer, car il a le cœur bon et capable d'une action généreuse : je ne lui ai jamais rien demandé, et il avait toute ma tendresse avant que le hasard l'eût favorisé.

— C'est du moins quelque chose que de pouvoir estimer ce qu'on aime. Mais que va-t-il penser de moi ?

— Il vous craint et vous estime ; il n'y a eu nul projet entre lui et moi de ce qui s'est passé hier : j'en ai été aussi surprise que vous, et vous avez vu qu'il n'entrait pas dans ses idées de me séparer de vous ; je ne vois donc pas de raison pour qu'il puisse perdre de sa considération pour une sœur qui me tient lieu de mère.

— Oui, je t'en tiendrai lieu jusqu'au dernier soupir. Je vois qu'à un mal sans remède on ne peut opposer que la prudence ; je ne pourrai cependant cesser de craindre pour toi ; mais, chère amie, jure moi que s'il t'arrive des chagrins ou des malheurs, je serai ta seule confidente.

Je le lui ai juré sans peine, et trop heureuse qu'elle n'ait pas voulu entrer dans de plus grands détails. Il est resté convenu que rien ne serait changé à nos arrangements d'hier; elle ne m'a pas même demandé de vous faire mystère de notre entretien; mais je crois qu'il est délicat et nécessaire de lui laisser croire que je ne vous en ai rien dit.

Je ne pus qu'applaudir à la conduite courageuse de cette tendre amie. Sûr désormais d'un bonheur sans trouble, nous commençâmes à en goûter les douceurs, que le fonds inépuisable de sa tendresse pour moi me rendait de plus en plus précieuses.

Je n'avais pas tellement oublié madame Schmit que je voulusse manquer aux égards; je fus, en quittant Minette, rendre visite à monsieur et madame Després. J'appris d'eux que leur fille avait été indisposée, et qu'elle était à la campagne pour y prendre l'air, et se rétablir.

Le moment était favorable pour constater une visite, sans être exposé à la trouver. Je me rendis chez son mari, dont il me fallut essuyer les reproches. Quelque obligeants qu'ils fussent, ils ne pouvaient m'intéresser : j'abrégeai cette visite.

Mes affaires ainsi réglées, mes devoirs toujours suivis, je cultivais assidûment la société de Mme Desglands; sous ses auspices, j'avais eu le bonheur de voir quelquefois la belle malade. Le retour du duc rendit son indisposition plus grave; alors ses inquiétudes, son tendre intérêt pour la femme de son ami absent se manifestèrent de toutes les manières ; il venait ou envoyait à toutes les heures ; enfin, il proposa la campagne. Le château de madame d'Ervieux étant trop loin, il n'y avait pas moyen d'y songer ; pour y suppléer, le duc lui dit qu'ayant reçu une petite partie des fonds de son mari, il allait lui acheter une jolie campagne au bord de la Seine, par la route de Clichy.

Le tuteur fût appelé pour cette nouvelle acquisition. Pendant qu'il s'en occupait, il profita de l'occasion pour obtenir de sa pupille qu'elle voulût bien lui donner son portrait : cette faveur lui fut accordée sans peine, et je fus l'heureux peintre destiné à satisfaire les vœux de mon père.

Rien n'était si doux que ma position; le duc souriait à mes travaux, et enviait mon talent ; j'étais le commensal de la maison. Les manières de ce seigneur me plaisaient, et je crois que je l'eusse vu sans aversion s'il n'eût été mon rival. La malade annonçait un prochain rétablissement, que le séjour de la campagne devait consolider ; madame Desglands et moi devions y suivre la maîtresse de ce nouveau séjour, et nous y établir avec elle, lorsque j'eus le malheur de déplaire à un homme que j'avais à peine aperçu.

Cet homme était une espèce de valet de chambre ou d'agent général du duc, qui, pendant la prétendue indisposition de madame d'Ervieux, était venu de sa part s'informer de tout ce qui pouvait être agréable, veiller à la cuisine, à l'office, aux appartements. A la faveur de cette mission, il avait acquis une sorte d'autorité dans la maison, y avait fait ses observations, et en avait profité pour se rendre nécessaire, et acquérir sur l'esprit de son maître un plus grand crédit.

Soit qu'il eût ou non été autorisé par le duc à l'entreprise qu'il forma, il n'eut pas moins l'audace de l'exécuter, comme on va le voir dans le chapitre suivant.

CHAPITRE XLIV.

J'ÉTAIS convenu avec madame d'Ervieux d'être chez elle avant dix heures. En arrivant à la porte, j'en trouvai un côté ouvert, mais barré par l'homme dont je viens de parler; je ne doutais pas qu'il ne se rangeât pour me laisser passer; au contraire, il écarta les jambes, et me demanda ce que je souhaitais.

— Ne me connaissez-vous pas? je vais chez madame d'Ervieux.

— Elle n'y est pas.

— Cela est impossible, elle ne sort pas depuis plusieurs jours, et elle m'attend.

J'interrogeai le portier qui balayait la cour; il ne m'entendit pas ou n'osa s'approcher.

— Je vous ai dit, me répéta ce brutal, qu'elle n'y était pas.

— Vous êtes sûrement mal informé.

— Je le suis si bien, qu'elle n'y sera jamais pour vous; et je vous conseille, mon petit monsieur, de n'y plus revenir.

Pendant ce colloque, un cavalier d'une tournure distinguée, qui s'était arrêté à lire une affiche auprès de la porte, avait entendu tout ce qui venait d'être dit : c'était un puissant motif de me porter à repousser la grossièreté de ce valet. Ainsi, malgré sa taille et sa tournure de recruteur, je lui répondis que je n'entendais forcer la porte de personne; mais que quand on était chargé d'en défendre une, il fallait se garder d'être insolent.

— Ah ! dit-il, vous faites le raisonneur !

Il fit en même temps un pas en dehors, et souleva sa canne.

Tirer mon épée et lui marquer le visage fut un mouvement plus rapide que l'éclair; ce brutal, qui ne s'attendait pas à une attaque si vive, lâcha sa canne, et tirant aussi son épée, se présenta avec fermeté; ce fut ce qui le perdit. Persuadé qu'il me désarmerait facilement, il se hasarda à vouloir me lier le fer; mais je dégageai si habilement et si vivement, que ma première botte l'envoya s'asseoir à terre.

— Bravo! me cria le cavalier qui était resté spectateur du combat, ce butor n'a que ce qu'il mérite; mais il faut songer à la retraite.

Il était déjà trop tard; le peu de personnes qui, de loin, avaient vu cette rixe, criaient de toutes leurs forces à la garde; en un instant nous fûmes entourés, et le guet à cheval qui survint acheva de mettre obstacle à mon passage.

Lorsque la garde voulut se saisir de moi, le cavalier, qui ne m'avait pas quitté, découvrant le ruban qui était à sa boutonnière, cria d'un ton d'autorité :

— Cavaliers! faites votre devoir convenablement, et attendez qu'on nous ait fait approcher une voiture.

Pendant que cette scène se passait d'un côté, les gens de madame d'Ervieux avaient transporté le blessé dans la loge du portier, et la plupart d'entre eux étaient restés à la porte. Une voiture vint enfin; le militaire qui m'avait si généreusement soutenu y monta avec moi; on ne put emmener mon adversaire, parce qu'étant blessé et recueilli dans la maison, la garde n'avait pas droit d'y entrer, mais il se fit suivre par les domestiques restés à la porte.

Arrivés chez le commissaire, la garde ne put

dire autre chose, sinon qu'elle m'avait arrêté sur la clameur publique; qu'il paraissait que j'avais blessé un homme resté dans une maison qu'elle désigna, et qu'elle amenait avec elle trois domestiques de cette maison.

Le commissaire les interrogea; deux d'entre eux dirent qu'ils n'avaient point vu le combat, qu'ils en ignoraient la cause, mais que le blessé était un homme attaché au service de M. le duc de Mesle.

— De M. le duc de Mesle! dit gravement le commissaire, cela est sérieux; et vous, dit-il au domestique qui n'avait pas parlé, est-ce que vous n'avez rien à dire?

— Monsieur, je n'en ai pas plus vu que les autres; mais je sais que monsieur, en me montrant, est du nombre des amis de ma maîtresse, ainsi que de monsieur le duc, et que sûrement il faut qu'il ait été insulté.

— Je ne vous demande pas ce que vous pensez, mais ce que vous avez vu?

— Je vous ai dit, monsieur, ce que je savais.

— A vous, mon brave, me dit ce magistrat subalterne, vos noms et qualités?

— Églai, étudiant en droit, demeurant chez son père, etc.

— Il paraît, monsieur, que l'étude des lois ne vous apprend pas à les respecter.

— Quand on n'a pas le temps de les réclamer, la justice naturelle reprend ses droits.

— On n'a jamais raison de se faire justice soi-même.

— On a toujours raison de repousser une injuste agression, et d'opposer la force à la force.

— C'est ce qu'il faudra voir; votre qualité vous interdit le port d'armes et dépose contre vous; ainsi votre épée va être remise au greffe.

Le militaire qui m'avait accompagné, et qui sans doute se faisait un jeu de couvrir sa croix, dit à son tour :

— Puisque vous ne cherchez, monsieur le commissaire, que des dépositions à charge, je suis surpris que vous n'ayez pas encore demandé la mienne.

— De quel droit, monsieur, vous mêlez-vous de cette affaire ? il est vraisemblable que l'ami de l'accusé ne déposera pas contre lui.

— Je ne suis pas l'ami de ce jeune cavalier, mais j'espère le devenir; le hasard m'a rendu témoin de cette affaire, et je vous somme de recevoir ma déposition.

— Qui êtes-vous, monsieur ?

— Le chevalier de Verzy, chevalier de l'ordre royal et militaire de Saint-Louis, capitaine des vaisseaux du Roi.

— Ah! pardon, monsieur.

— Paroles inutiles; écrivez, monsieur, et

rappelez-vous que vous devez vous enquérir avec autant de soin de ce qui peut être à la décharge d'un accusé, que de ce qui peut le compromettre.

Il déposa ensuite tout ce qu'il avait entendu et vu.

Le commissaire qui se confondait en civilités, me dit :

— Vous alliez donc, monsieur, dans cette maison ?

— Oui, monsieur, j'y étais attendu, et je ne conçois pas plus le refus que m'a fait cet homme que sa brutalité.

— C'est avec bien du regret, monsieur, que je suis forcé de vous envoyer en prison ; mais le devoir de ma charge m'y oblige.

— N'ayez nulle inquiétude, me dit monsieur de Verzy, vous n'y resterez pas longtemps.

Je fus donc conduit au Châtelet ; le chevalier de Verzy me demanda en chemin quelques éclaircissements sur cette affaire, et d'où je connaissais le duc ; je lui en dis ce que j'aurais pu dire en public, en cachant les motifs secrets.

— J'en devine plus que vous ne m'en dites, répondit le chevalier ; je connais beaucoup monsieur de Mesle, et je me rappelle à présent ce que c'est que le coquin que vous avez si heureusement corrigé.

Je ferai, j'espère, désavouer au duc la conduite de son agent, dont je crois pénétrer les motifs particuliers. Mais nous approchons, avez-vous de l'argent?

— J'ai deux louis sur moi, c'est plus qu'il ne m'en faut.

— J'en ai dix, partageons; la prison est un séjour fort cher; nous nous reverrons, vous serez bientôt à même de me les rendre.

J'eus beau m'en défendre, il fallut accepter : mais ce que je lui demandai avec instance et que j'obtins sans peine, fut d'aller lui-même prévenir mon père, et l'instruire de la nécessité où je m'étais trouvé de repousser une insulte.

— Comptez sur moi, j'y vais de ce pas.

Il m'embrassa, et je passai le fatal guichet.

Le geôlier me donna, pour mon argent, une chambre, où je me livrai aux plus tristes réflexions. Il n'y avait pas encore une heure que j'y étais, quand on introduisit mon père; quoique je ne me sentisse pas coupable, je restai à son aspect les bras tendus sans pouvoir faire un pas.

Il vint à moi, m'embrassa, me rassura, et me dit :

— Quand je te témoigne ma satisfaction de m'avoir regardé comme ton meilleur ami, que peux-tu craindre?

Je te crois sans reproches, je t'approuve même, et je vois avec plaisir que, si jeune encore, tu aies su repousser une injure atroce; mais il ne suffit pas d'avoir raison, il faut le prouver, et je viens prendre de toi tous les renseignements nécessaires.

Je lui racontai le fait, qu'il savait déjà par monsieur de Verzy, et le priai de voir le président de L... à qui m'avait recommandé monsieur Desglands.

— Il faut, me dit mon père, le réserver pour des occasions plus importantes; j'ai aussi des amis, mais il est possible que nous n'ayons besoin ni des uns ni des autres.

Comme il finissait, un grand bruit de verrous suspendit notre attention; on ouvre ma chambre: c'était madame d'Ervieux qui vint se jeter dans mes bras, et qui, sans prendre garde à la présence de son tuteur, m'appelle son cher ami, pleure, me caresse, me dit qu'elle ne me quittera plus, qu'elle avait renvoyé au duc son gros coquin sur un brancart, qu'elle avait chassé tout de suite ceux dont il l'avait entourée; qu'elle n'avait gardé que le laquais qu'elle avait choisi elle-même, et son portier, sous condition que jamais il ne laisserait rentrer le duc chez elle; qu'enfin, elle avait envoyé chercher un cocher de remise pour soigner ses chevaux et la conduire, et qu'elle était accourue à ma prison.

Il était facile de lire dans les yeux de mon père, combien ce spectacle lui plaisait, et qu'il était charmé de trouver dans madame d'Ervieux un sentiment qui l'avait alarmé tant qu'elle n'avait été que Louise.

Cependant, conservant son sang-froid, il dit à sa pupille que, quelque reconnaissant qu'il fût de l'intérêt qu'elle daignait prendre à moi, il ne pouvait approuver ni ce qu'elle avait fait ni ce qu'elle se proposait de faire; qu'elle serait dans cette affaire mon plus puissant appui, mais que ce n'était pas en irritant le duc, mais en paraissant persuadée qu'on avait agi sans ses ordres, et en lui demandant justice de la violation de son domicile, par un valet qui avait offensé quelqu'un que lui-même estimait.

Elle entendit difficilement raison; cependant, mon père étant parvenu à la calmer, me dit :

— Je te laisse, Eglai, des consolations plus efficaces que les miennes; je cours te servir. Je ferai l'impossible pour que tu ne couches pas ici.

Nous ne fûmes pas plutôt libres, que ma chère Louise voulut que nous nous vengeassions du duc; je n'y étais pas moins porté qu'elle, et le plus triste des séjours devint pour nous le temple du bonheur.

La belle affligée voulait dîner avec moi : je fus pour cette fois le plus raisonnable; je lui fis sentir les conséquences d'un plus long tête-à-tête, et combien il serait dangereux qu'on pût dire qu'elle avait passé la journée dans ma chambre. Je la déterminai à se rendre auprès de madame Desglands, en qui elle trouverait les conseils et les consolations dont elle avait besoin.

Sitôt que mes verrous refermés m'eurent séparé d'elle, je retombai dans un néant affreux; cependant des démarches très actives se faisaient pour obtenir ma liberté, et très pressé de sortir d'un lieu aussi désagréable, on trouvera bon que je n'en rende compte qu'après ma délivrance.

www.ingramcontent.com/pod-product-compliance
Ingram Content Group UK Ltd.
Pitfield, Milton Keynes, MK11 3LW, UK
UKHW012045240726
13965UKWH00003B/1053

9 782013 471091